とりどりみどり

西條奈加

祥伝社

とりどりみどり

目次

装画　木内達朗
装丁　鈴木久美

螺鈿の櫛

鷺之介には、大いなる夢があった。

誰にも邪魔されることなく、日々、穏やかに暮らすことだ。

くだらないおしゃべりに長々とつき合わされたり、買物や芝居や物見遊山に引き回されたり、行儀だの作法だのを口うるさく直されたりと、いまは心休まる暇すらない。

「鷺の毎日は、こうして無理に……無駄に？　何か違う。手習いで教わって、気に入った言い回しなのに……あ、思い出した、無為だ！」

何もせずぶらぶらしていることだと、師匠からきかされた。

育ち盛りの大事な時期だというのに、したくもないことばかり無理強いされて、時を無駄に費すのは、無為以外の何物でもない。

十一歳の鷺之介は、小さなからだがいっそうしぼむような深いため息をついた。

この歳ですでに、ため息の数ばかり増えていく。

「いや、諦めてはいけないな。あと三、四年の辛抱だもの」

言ったとたん、あまりの長さに辟易した。数え十一歳、生まれてから十年にも満たない鷺之介にとって、三、四年は途方もない長さだ。

「いやいや、せっかくひとりは片付いたんだ。あとのふたりを退治するには、やはり日々の務めを怠らず精進せねば」

わざわざ声に出し、萎えそうな気持ちを鼓舞した折に、女中から声がかかった。

「坊ちゃま、深川の伯母さまが、お見えになりましたよ」

「え、お徳おばさんが？　ご挨拶に行かなくちゃ！」

嬉々として客間に赴く。目当ては菓子でも小遣いでもなく、親類縁者は皆、鷺之介にとって貴重な援軍なのだ。

「いらっしゃいませ。えんろはるばるお越しくださいまして、ありがとう存じます」

えんろとは遠い道のりだと承知している。深川から、ここ日本橋まで、鷺之介の足なら間違いなく遠路だ。いつか番頭が口にしていた台詞を、そのままなぞった。

「おやまあ、ねんごろな挨拶、痛み入ります。鷺之介もすっかり、大人になって」

四十がらみの伯母は、調子を合わせて恭しく挨拶を受ける。

「さあさ、こちらにいらっしゃい。今日はね、亀戸天神で葛餅を買ってきましたよ」

「うわあ、葛餅！　大の好物です」

一瞬、使命を忘れて、皿の上の菓子に目を輝かせる。竹の楊枝で一切れもち上げて、ぱっくりと頬張った。歯切れの良い餅を噛みしめると、黒蜜ときな粉の香りが口いっぱいに広がって、幸せな心地になる。

「ほらほら、きな粉がこぼれてますよ。あらあら、頬っぺたに黒蜜をつけて」

子供あつかいされるのは仕方がないとして、ここからは大人の話だ。

「おばさん、この前お願いした話は、どうなりましたか？」

「この前の話というと？」

「もちろん、姉さんたちの縁談です！」

ああ、と筋張った手を頬に当て、お徳は思い出した顔になる。

「どちらか、良いご縁はありましたか？　身代だの歳回りだのは、このさい何でも構いません。ぜひ、仲立ち願えればと」

「仮にも本家の娘なのですから、先さまの身代は大事でしょ？」

「この『飛鷹屋』と釣り合う家となると、数が限られてしまう。お相手に事欠くようでは、縁遠くなる一方です」

「それもそうねえ……ああ、誰か、お茶のお代わりを」

真剣味のなさには不満を覚えたが、この伯母はなかなかに顔が広い。ふたりの姉のために、懸命に力説した。

「去年、長姉が嫁に行った先も、飛鷹屋にくらべれば軽い身代ですし」

「そりゃあねえ、この日本橋じゃ、千両店でも月並みだもの。飛鷹屋のような万両店も、めずらしくはないけれどね。橋向こうの本所深川となると、多いのは小店ばかりで。羽振りがいいのは、材木問屋くらいかねえ」

土地や家屋敷、有金や預り金をひっくるめて、千両以上を千両店、万両以上を万両店と俗に呼ぶ。むろん、三井、住友、鴻池といった十万両を軽く超える化物じみた商家も中にはあるが、あれはすでに伝説の域だと、長兄は言っていた。

飛鷹屋は、千石船や五百石船、合わせて六隻を抱える、船持ちの廻船問屋である。五万なのか七万なのか、鷺之介はよく知らないが、万両店であることは間違いない。

廻船問屋とは、海運に関わる仲介業で、港での手続きや船頭や水主の世話、航海に要する水や食料の調達から船荷の売りさばきまで、何でもこなす。自前の船を持たず、船主から請け負う小店や中店も多かったが、飛鷹屋は船に加えて、大勢の船乗りを抱える大店である。江戸の廻船問屋としては、間違いなく三指に入ろう。

鷺之介はこの家に生まれた、いわゆる庶民から見れば、恵まれた金持ちの坊ちゃんであるのだが、齢十一歳にして悩みは尽きない。

悩みの元は、三人の姉たちだった。

「鷺之介は、どうしてそんなに、姉さんたちの縁談に熱心なんだい？」

もちろん、三人にとっとと出ていってもらって、静かな余生を送りたい——。などと、本音を明かすわけにはいかない。

「そ、それは、姉を思う弟心といいますか……万が一にでも行き遅れとなって、後ろ指をさされるようなことがあっては、この飛鷹屋の名折れですから」

「でも、去年ひとり片付いたばかりで、また次々と嫁に行かれては、鷺坊も寂しくないかい？」

「名残り惜しい思いはありますが、これもひとえに姉たちのため。寂しいくらい我慢します」

心にもない台詞を発すると、奥歯の辺りがかゆくなる。

「鷺之介は、姉さん思いだねえ。わかったよ、あたしもちょっと本腰を入れて、縁談を見繕ってみるよ」と、伯母は請け合ってくれた。

ようやく話が通じて、やれやれと額の汗を手の甲で拭う。

「歳回りからいくと……そういやあのふたりは、いくつになったんだい？」

「次姉が十七で、三姉が十五です」

「ああ、そうだった。上の姉さんは、去年十九で嫁いで、いま二十歳だったね」

鷺之介は、五人兄弟の末弟だった。

跡取り息子である、長男の鵜之介は二十三歳。

三つ下に、嫁に行った長女のお瀬己。

その下に、十七のお日和、十五のお喜路と続いて、末っ子が鷺之介。

つまり兄弟のあいだに、三人の姉妹が挟まっている。

「言われてみれば、二十歳で行き遅れと言われるだけに、お瀬己の嫁入りは遅い方だね」

——それは長姉が、お相手に数多の注文をつけて、あれも駄目これも駄目と散々にごねていたからです。

「まあ、お日和ならおっとりしているし、貰い手に困ることもなかろうね」

——次姉は、おっとりな物言いで毒を吐くものだから、なかなかに侮れません。

「お喜路は三人の中では、いちばんのしっかり者だね。嫁ぎ先でも奥向きの事々なぞを、うまく捌いてくれそうだ」

――あいにくと三姉は、頭が良いぶん理屈っぽくて、可愛げがありません。

世辞を含んだ伯母の評に、心の中で注釈を加える。

「もとより、こんな大きな身代なら、子供のうちから許嫁が決まっているのが、むしろあたりまえじゃないのかい？」

「父さんが、いい加減……いいえ、家内にこだわらない人なので。商いで、ほとんど家におりませんし」

飛鷹屋の主人、鳶右衛門は、行商人から成り上がり、たった一代でここまでの身代を築いたという傑物である。商人というよりも山師に近く、堅実からはほど遠い博奕めいた一発勝負を乗り切って富を得た。その性根は未だに変わらず、店商いは番頭や長男に、奥向きは女中頭に任せて、自ら船に乗り、上方や北陸はもちろん蝦夷にまで赴いて、大きな取引をまとめていた。

おかげで子供たちは、父親とは年に一、二度しか顔を合わせない。

「せめて、お七が生きていればねえ。末子のおまえが、よけいな心配をせずに済んだものを。妹があんなに早く逝っちまうなんて、あのときばかりはあたしもがっくりきたよ」

母の話をされると、いまでもしゅんとする。母のお七は、鷺之介が六つのときに亡くなった。細面の優しい面差しは、長兄が受け継いでいる。母を亡くしてしばらくのあいだは、長兄がずっと添い寝をしてくれた。

あのときの心許（こころもと）なさがよみがえり、肩の辺りがしょげてくるのだ。

「ああ、ごめんよ。詮無（せんな）いことを口にしちまったね。お日和とお喜路のことは、ちゃんと預かっていくからね」

お徳は慌（あわ）ててあやまって、慰（なぐさ）めのつもりか、甥（おい）の頼みを改めて請け合った。

ほっとしたのは束（つか）の間（ま）だった。気の弛（ゆる）んだ折にこそ、災難は訪れる。

「お鷺、あたしとお日和姉さんのことって、何の話？」

背中から声がかかり、ざわりと総毛立（そうけだ）った。ふり返ると、三女のお喜路が廊下に立っていた。

年相応の華奢（きゃしゃ）なからだで黒目がち。黙っていればたしかに、思慮深いしっかり者に見える。

「おや、お喜路、久しぶりだね。さ、おまえもここに来て、葛餅をおあがりな。なにね、鷺坊が姉さん思いでね、おまえたちの先々について案じていただけさ」

「お徳おばさんの心配は、あたしたち姉妹より『柴屋（しばや）』の先々では？」

それまで朗（ほが）らかだった伯母の表情が、明らかに強張（こわば）った。柴屋は、深川で伯母夫婦が営（いとな）む川舟宿である。屋根舟や猪牙舟（ちょきぶね）などを、遊客相手に仕立てる商売だった。

「お金のことなら、案ずるにはおよびませんよ。兄さんが何とかしてくれますから」

「お喜路は相変わらず、洒落（しゃれ）がきついねえ」

辛（かろ）うじて返したものの、伯母の頬は引きつったままだ。

「では、あたしたちはこれで。さ、お鷺、行きますよ」

「え、行くってどこに？」

「次姉さんと出掛けるからいらっしゃい。お徳おばさん、お邪魔しました。兄はまもなく参りますから、どうぞごゆっくり」

お喜路が口にすると、挨拶すら皮肉にきこえる。

急に不機嫌（ふきげん）になった伯母を残して、お喜路は強引に、弟を座敷から引きずり出した。


「ずいぶんと遅かったのね。あら、お鷺は何をむくれているの？」

店とは反対側にある玄関の式台（しきだい）で、次女のお日和が待っていた。

目尻がゆるりと垂れて、頬もからだつきも程よくふっくらしている。江戸風の美人とは言い難いが、男にいちばん受けがいいのは、この真ん中の姉かもしれない。

「どうせ葛餅に未練があるのでしょ。菓子に釣られて捕まっていたから、助け出してあげたってのに」

「違います！　さっきの三姉の物言いが、あんまりひどいから」

「本当のことを言ったまでよ。今年に入って毎月のように訪ねてきて、兄さんにお金の相談をしてるじゃないの」

鷺之介も、何となくは察していた。それでもあからさまに非難しては、困っている伯母がかわいそうだ。

「お喜路ったら、そんなことでいちいち、目くじらを立てるものじゃないわ。うちに縁者が来るときは、大方がお金の無心と、相場が決まっているじゃないの」

　にっこりと、菩薩(ぼさつ)のような笑みで毒を吐く。三女は理屈でものを語るが、次女はおっとり口調で核心を突くだけに、毒舌の軍配はこちらに上がろう。

「皆さん、飛鷹屋(うち)より貧乏なのだから、仕方がないわ」

「次姉、もうその辺で……こっちの身がもちません」

　この調子で家の外でもやらかしてくれるから、一緒にいるだけで身がすり減る思いがする。十一歳の鷺之介が他人の耳目(じもく)を気にするというのに、どうして年嵩(としかさ)の姉たちはこうもはばかりがないのか。

「どこへ行きましょうか？　ご近所とはいえ、いつも越後屋(えちごや)や白木屋(しろきや)では芸がないわね。久しぶりに伊勢甚(いせじん)にでも行ってみる？」

「あそこは仕立てがいまひとつで。大坂屋(おおざかや)の方がましではなくて？」

　姉たちが近場で出掛ける先は、呉服屋と相場が決まっている。あるいは小間物屋(こまものや)か履物屋(はきものや)、半襟(はんえり)に紅白粉(べにおしろい)。ここ日本橋には、それらの名店がひしめき合っている。

　飛鷹屋は、日本橋品川町(しながわちょう)に、間口二十五間(けん)の店を構える。

　日本橋を北に渡って、左に折れると品川町で、川に面しているだけに廻船問屋には打ってつけだ。品川町の東隣には室町(むろまち)が、北隣には駿河町(するがちょう)がある。

　室町は表通りに面し、両国広小路(りょうごくひろこうじ)などと並ぶ、江戸でもっともにぎわう繁華な街であり、北隣の駿河町には、両替商と呉服店を兼ねる三井越後屋がある。白木屋は橋を南に渡った日本橋通(とおり)

南一丁目にある呉服店で、間口三十間を超えるという。

上には上があるのだが、江戸に星の数ほどある商家の中で、万両店はほんのひと握りだ。

だからこそ、驕りは禁物だと、教えてくれたのは長兄だった。

「鷺之介、覚えておき。商人はね、稲穂だよ」

「稲穂？」

「実が重ければ、稲穂は頭を垂れるだろう？　商人も同じだ。有卦に入ったときこそ頭を低くして、客や取引先を立てねばならない」

この稲穂のたとえは、いたく鷺之介の心を打った。兄の鵜之介は言葉どおり、驕りとも不遜とも無縁であったからだ。

十三歳から手代見習として、番頭たちから商いを教わり、ひたすら真面目に精進した。親の金で遊び惚ける、ぼんくらな二代目の話もよく耳にするが、鵜之介は酒もほどほど、賭場や色街とは縁遠く、何よりも気性が穏やかだ。女中や小僧への態度も優しく、忙しい仕事の合間を縫って、末弟の相談にも乗ってくれる。

父親の鳶右衛門にくらべて、あまりに小粒だと陰口をきく者もいるが、実直で律儀で良識あふれる長兄を、鷺之介は誰よりも慕い尊敬している。こういう大人になりたいと切に願い、将来は兄の手助けをして、共に飛鷹屋を堅実に回していくのが鷺之介の夢だった。

しかし無礼で奔放、常識の欠片もない姉たちがいては、末弟の心は少しも休まらない。

さっさと伴侶を見つけて嫁いでもらい、一日でも早く飛鷹屋から出ていってほしい。

幸い長女が片付いて、残るは次女と三女だけだ。何とか二年の内に、ふたりの縁談をまとめてしまいたい。鷺之介は、拳を握った。

しかし家を出たところで、ふくらんだ大いなる野望はたちまちしぼんだ。

駕籠が一挺やってきて、塀の外で止まった。着きやしたぜ、と駕籠舁きが外から垂れをめくると、もっとも会いたくない顔がそこにあった。三女が真っ先に声をあげる。

「あら、お瀬己姉さん！　また里帰り？　今月はすでに三度目じゃない」

「よっぽど婚家が窮屈なのね。でも、ちょうどよかったわ。これから出掛けるところなの。長姉も買物で憂さを晴らして、お帰りなさいな」

いつもなら、ころりと機嫌を直すところだが、お瀬己は誘いにも乗らず険しい顔のままだ。目尻は上がりぎみで、両目のあいだが狭く、鼻筋は尖っている。ただでさえきつい顔立ちなのに、今日は輪をかけて不機嫌そうだ。とはいえ、この顔も見慣れている。

「ちょいと、きいておくれな！　家の中に、盗人がいるんだよ！」

「あらあら、穏やかじゃないわね。何か失せ物があったの？」

「櫛が一枚、どこを探しても見当たらないんだ」

お瀬己は、身内の前では口調が伝法になる。頭に血が上るとなおさらで、喚き立てるのも茶飯事だ。こういうときは、まずおっとりな次女が相手をする。

「櫛一枚で大げさね。どうせ一、二度挿したら飽いてしまうのだから、構わないでしょ」

「何言ってんだい！　なくなったのは母さんの形見の、螺鈿の櫛なんだよ！」

え、と下がりぎみの次女の目が、大きく広がった。お日和がこんな顔をすることは滅多にない。三女もやはり顔色を変えて、姉に問いただす。

「あたしたちの名に因んだ、あのお揃いの櫛よね？　長姉さんのは秋草に、白い螺鈿の鶺鴒だったわね」

「ああ、あたしは秋生まれだからね。お日和のは南天に鶸、お喜路は梅に雉だろ？」

「え……と、形見って、何の話？」

ひとりだけ話の見えない鷺之介は、おそるおそる三女にたずねた。

「ああ、お鷺は知らなかったわね。あたしたちのために、母さんが同じ職人に作らせたの。だから本当は、形見とは言い難いけれど……いらっしゃい、見せてあげるわ」

「そんな暇はないんだよ！　こうしている間にも、盗人は遠くに逃げちまってるかもしれないじゃないか」

「姉さん、ひとまず落ち着いて。お茶でも飲みながら、初手から話をきかせてくださいな」

お日和になだめられ、渋々ながらお瀬己も従う。居間に腰を落ち着けると、ずんぐりとした四十女が顔を覗かせた。女中頭のお滝である。

「おやまあ、お瀬己さま、またお里帰りですか？　いくら何でも多過ぎやしませんか」

「あんな家に居られるもんかい！　長の里帰りになりそうだから、覚悟しておくれ」

「ほらほら、また口ぶりが荒くなっておりますよ。お嫁入り先では、気をつけるようにとあれほど……」

「ちゃんと気をつけていたさ、今日まではね。その苦労も水の泡だが。さっき盛大にやっちまったよ」

櫛の紛失を声高に騒ぎ立て、総出で家探しをさせた挙句、啖呵を切ってとび出してきたという。お滝が思わず、額を押さえて天井を仰ぐ。

お滝は、長男が幼い頃は乳母として仕え、後に女中頭に据えられた。内儀のお七が先立ってからは母親代わりも務めてきたが、甚だ奔放な姉妹を御しきれるはずもなく、小言をこぼすのが関の山だ。

「芸者の子と侮られるのも悔しいからね、これでも行儀よくしていたんだよ」

「あら、粋でいいじゃないの。あたしの母は漁師の娘よ」

「そうそ、船人足の娘より格好がつくわ。まあ、祖父はいい人だけれどね」

飛鷹屋の兄弟はすべて、母親が異なる。正妻の子は長男の鷺之介だけで、あとは鳶右衛門の甲斐性の為せる業である。

船で訪れた津々浦々に女がいて、子が五つくらいで乳離れすると、本家に引き取る。

武家や大きな商家ではめずらしいことではなく、少なくとも表向きは、嫡子も庶子も隔てなく育てられる。

幸い飛鷹屋では、正妻のお七のおかげで、五人の子供たちの誰もが、掛け値なく大事にされた。お七は優しい人で、腹を痛めた長男と変わりなく、四人の庶子を愛情深く慈しんだ。鷺之介だけは生後まもなく、宿の女中をしていた実母を病で亡くし、赤ん坊のときにこの家に引き取られた。だから鷺之介にとっての母親は、お七だけだった。

次女と三女の母は遠国にいるが、長女だけは母親が江戸の芸者である。飛鷹屋に引き取られてからも、お七の計らいで、年に二度ほどは長女を実母の元に里帰りさせていた。

お瀬己の伝法な口調は、実の母親譲りである。行儀作法はこの家で仕込まれただけに、婚家や外では多少すましているが、そのぶん実家ではすっかり気を抜いている。

ことに興奮すると、怒りに任せてべらんめえの早口でまくし立てるものだから、お瀬己が語る経緯も、鷺之介にはよく呑み込めなかったが、三女のお喜路が、脈絡に欠ける語りをまとめてくれた。

「じゃあ、四日前の月見の会までは、間違いなくあったのね？」

「ああ、蘭十郎との大事な席だからね。時節柄もいいし、あの櫛を挿していったんだよ」

蘭十郎はいまをときめく人気役者で、お瀬己は大いに贔屓にしている。ちなみに次女や三女にも、それぞれ別の贔屓がいた。

四日前、八月の十五夜に、蘭十郎は贔屓筋を招いて月見の会を催した。お瀬己は当然のごとく会に赴いて、夜遅くまで料理茶屋で存分に騒いだという。

「お瀬己さまは『庚屋』に嫁がれた身なのですから、ほいほいと出歩くものではございませんでしょ」と、お滝がまず小言をこぼす。

「あの家にいたって、何もすることがないんだよ。お舅さんや行次郎さんだって、好きに出歩いて構わないと言ってくれたしね」

まったく嫁の自覚がない。庚屋は数寄屋橋御門外、元数寄屋町にある、四代続く油問屋である。暖簾こそ古いものの、金蔵の重みでは飛鷹屋に遠くおよばない。辛うじて万両店には入るが、身代は何倍も開きがある。加えて商いも厳しいらしく、飛鷹屋からかなりの金子を借りていた。

不思議とこういう話は、大人の口を通して子供の耳にも入ってくるものだ。

飛鷹屋には頭が上がらない上に、わがまま放題の嫁を御しきれず、好きにさせていると言ったところか。

少なからず、婚家となった庚屋に同情し、鷺之介は口を挟んだ。

「その月見の席で、なくしたんじゃないの？」

「そんなわけないよ。庚屋に帰って、ちゃんと箱に仕舞ったことは覚えているんだ」

「なのに今日になって探してみたら、箱ごと失せていたというわけね？」

「だから盗人は、あの家の中にいるに違いないんだよ！」

三女に向かって、長女が鼻息を荒くする。

「長姉さん、失せ物はこれが初めてなの？」

「知るもんか！　きっと庚屋には、手癖の悪い女中がいるんだよ」

「失せ物があったとしても、気づかなかったというわけね」

「お瀬己さまはことに、着道楽ですからね。着物も帯も櫛簪も、数が桁違いの上に始末が悪くて」

「片付けは女中に任せているんだ。もとよりあたしが、かかずらうことじゃないよ」

お滝の小言に、ぷい、と横を向く。

「誰もが知らないと白を切るからさ、頭にきて御上に訴えてやると息巻いたんだ」

「どうしてそう、騒ぎを大きくするんだよ……」鷺之介がため息をつく。

「さすがに向こうも青くなってね、櫛は必ず探し出すから、一両日待ってほしいと平謝りさ。盗人と同じ屋根の下にいるなんてご免だからね、こうして帰ってきたというわけさ」

これは一大事だ。櫛が見つからないかぎり、長姉は実家に居続けることになる。いや、下手をすれば、このまま離縁と相成って、お瀬己が出戻ってくるかもしれない。

ここは何としても、形見の櫛を探し出さねば。鷺之介は、鼻から息を吐いて気を引きしめた。まずはどのような代物か、確かめねばならない。

「三姉さん、形見の櫛を見せてくださいな」

「ああ、そうだったわね。お滝、次姉さんとあたしの櫛を、もってきてちょうだい」

「それなら、ここに。お滝は長っ尻だから、あたしが行く方が早いでしょ」

いつの間に席を立ち、戻ってきたのか。お日和には、そういうところがある。

小さな平たい桐箱をふたつ、皆の前に置き、蓋を開いた。

「うわあ！　きれいだね！」

金蒔絵の面に、草花が浮き彫りで精密に彫り上げられ、名に因んだ鳥には、白くつややかな貝が嵌め込まれている。

「母さんがあたしたちのために作らせた、螺鈿蒔絵櫛よ」

「漆（うるし）で描いた絵に、金銀や色粉を蒔きつけるのが蒔絵。螺鈿の螺は貝のことで、鈿はちりばめる。真っ白に見えるけれど、本当は薄貝には色がないそうよ」

この手の蘊蓄（うんちく）に事欠かないお喜路が、弟に説（と）く。光沢（こうたく）のある貝殻の内側を、薄い板状にして貼ったものが螺鈿細工である。漆の上に重ねることで、薄貝は光を受けて色を放ち、白ばかりでなく青や薄紅、緑色などもあるという。

「次姉の櫛は鶸で、三姉のは雉だね」

「ええ、それぞれの名に因んでね。あたしは冬生まれだから南天、お喜路は春に生まれたから梅。母さんはあたしたちをこの家に迎えた折に作らせて、嫁入りのときにもたせてくれるつもりだったのよ」

その機は訪れず、お七は死ぬ前に三人の娘を病床に呼び寄せて、櫛を渡した。

「お鷺、蓋の裏を見てごらんなさい」

お日和に促されて、蓋をひっくり返す。

——鶸のように愛らしい娘へ
——雉のように凜々（りり）しい娘へ
母の優しい筆跡でそう書かれていて、胸の辺りがつんとした。どちらにも、最後に「母より」と記されている。

妹たちの櫛箱に目を落とし、お瀬己は初めて辛そうに顔をうつむけた。

「あたしたち姉妹には、何より大事なものなんだ。なくしちまうなんて、本当に情けない……」

実母が同じ江戸の内にいても、育ての母を慕っていたのは、お瀬己も同じだった。

――鶺鴒のように艶(あで)やかな娘へ　母より

そう裏書(うらがき)された箱には、金の秋草に舞う、三羽の鶺鴒が螺鈿で描かれた櫛が収められていた。

箱ごとなくしてしまったことが、悔しくてならないようだ。その櫛だけは、床の間脇の違い棚に仕舞っていたのだが、四日前に帰った折には酔っていて、どこに仕舞ったか覚えていないという。

「そんな顔をしないで、長姉らしくもない。いまはひとまず、庚屋に任せるしかないわ」

「そうね、お喜路の言うとおり。案外早く、片がつきそうな気もするし」

「早くって、次姉、どういうこと？」

「ただの勘よ、お鷺」

弟の問いを、お日和は笑みに紛(まぎ)らせて煙(けむ)に巻く。それから気分を変えるように、明るく言った。

「景気づけに、『嵯峨路(さがじ)』にでも行きましょうよ。どう、お瀬己姉さん」

嵯峨路は、同じ日本橋川沿いにある料亭で、近いだけに飛鷹屋も贔屓にしている。

「そうだね、酒でも飲まないとやってられないね」

お瀬己が腰を上げ、四人は連れ立って家を出た。

「これは皆さまおそろいで。ようこそいらっしゃいまし」

馴染(なじ)みの仲居が、姉弟を愛想(あいそ)よく出迎えた。子供の鷺之介でさえ、兄や姉に連れられて、月に何度も訪れているほどだ。飛鷹屋はこの店にとって、いちばんの上得意である。

「つい今し方、若旦那さまもお見えになりましたが、お待ち合わせですか？」

「え、鵜之兄さんが？」と、鷺之介が声をあげる。

「はい、おそらく商いのお相手でございましょう。お連れさまおふたりと、鶴(つる)の間に」

きいた瞬間、ふっとお日和が微笑(ほほえ)む。

「連れというのは、身なりのいい商人かしら？　五十がらみの方と、お若い方」

「仰(おつしゃ)るとおりでございます。お嬢さまも、お見知りおきの方々ですか？」

「ええ、よく存じております」

誰だろう？　と、お瀬己と鷺之介は顔を見合わせたが、三女だけは何か気づいた顔をする。

「鶴の間のとなりは空(あ)いていて？　商い事が終わったら、ご一緒したいから」

「空いてはおりますが……鶴の間だけは、離れのような造りになっておりまして」

「ああ、そうだったわね。構わないわ、相談が終わったら、あたしたちがいることを兄に伝えてちょうだい」

「かしこまりました。では、亀(かめ)の間に案内(あない)いたします」

この店は、川と通りに面した間口はさほど広くはないが、奥はたっぷりと敷地をとっている。

この土地も飛鷹屋のもので、父の鳶右衛門が大将の腕を気に入って、土地を安く貸した上に、店の造作（ぞうさく）にも気前よく金を出した。

見事な景観の中庭を、六つの座敷が囲んでいるが、鶴の間だけは渡り廊下の先にぽつんと外れていた。となりと言っても亀の間は、渡り廊下のこちら側になる。

座敷に案内され、ほどなく膳が運ばれてきた。

初鮭（しゃけ）に、子持鮎（こもちあゆ）の甘露（かんろ）煮。刺身はいなだと甘鯛（あまだい）。串海鼠（くしこ）のような得体（えたい）の知れない珍味や、苦いだけに思えるほうれん草は苦手だが、鷺之介が大好きな鴨（かも）の炙（あぶ）りが載っていた。

喜んで箸（はし）をとろうとしたが、お日和に止められる。

「食べる前に、お鷺には大事な役目を果たしてもらわないと。鶴の間に行って、兄さんの話をきいてきてちょうだいな。もちろん、こっそりとね」

「それって……盗み聞きしろってこと？　そんな真似（まね）できないよ。大事な商いの相談だろうし」

「話はたぶん商い事ではないし、相手もお得意先や問屋仲間ではないと思うわ」

「じゃあ、誰？」

「それをお鷺に、確かめてきてほしいのよ」

「でもお……」

大好きな兄を隠密（おんみつ）するなんて、どうにも気が進まない。ぐずぐずしていると、となりのお喜路が腰を浮かせた。

「仕方ないわね、あたしもついていってあげるわ。さ、行くわよ、お鷺」

問答無用で中座させられる。姉について亀の間を出たものの、渡り廊下の手前で足が止まった。

「三姉、やっぱり戻ろうよ。兄さんに知られたら、きっと叱られる」

「意気地がないわね、お鷺は。長姉さんのためなんだから、少しは気張りなさいよ」

「長姉のためって、どういうこと？」

「兄さんの連れは、たぶん庚屋よ」

えっ！　と思わず大きな声が出て、慌てて自分の口を手でふさぐ。

「鶉之兄さんが嵯峨路にいるときいたときから、おかしいと思っていたのよ。あたしたちが座敷を出たとき、お徳おばさんの話は始まってもいなかったでしょ？　まだまだ長引きそうだったのに、早々に切り上げて駆けつけたってことよね」

ただでさえ長居な伯母が、面倒な頼み事をしに訪れたのだ。チョンの間で帰るはずもないと、お喜路は断言した。

「おばさんを放って出てくるなんて、義理堅い兄さんらしくない。きっとよほどの急があったのよ。たぶんお日和姉さんは、慌てて出ていく兄さんを見ていたのね。行先が嵯峨路だと、番頭にでも確かめたに違いないわ」

理路整然と説かれて、なるほどと鷺之介もうなずく。

「それで次姉は、兄さんの連れをわざわざ確かめたのか」

「そうよ。年恰好からすると、庚屋のご主人と、息子の行次郎さんね」

「でも、どうしてお瀬己姉さんじゃなく鶉之兄さんに？　急な話って、きっとあの櫛のことだよね？」

「庚屋の親子が、櫛を盗んだ張本人だとか？」

「まさか！　そんな真似をする謂れがないよ」

「それをこれから確かめるのよ」

お喜路に続いて、足音を立てぬよう廊下を渡る。高い渡り廊下からは、秋草の繁る裏庭がよく見えて、陳腐な行いを、桔梗や撫子に笑われているような気がした。


離れの鶴の間は、手前に三畳ほどの控えの間、奥に裏庭に面した八畳間がある。

音をはばかりながら、お喜路がそろりと襖を開けた。控えの間に身をすべり込ませ、鷺之介も続く。三畳間にも隅に行灯が置かれている。中の話は存外はっきりと耳に届いた。

「このたびは、まことに面目ない始末となりまして、お詫びのしようもございません」

少ししゃがれた声からすると、主人の庚屋伊豆右衛門だろう。

鷺之介が庚屋の者たちと顔を合わせたのは、お瀬己の結納と祝言のときだけだ。知らない大人ばかりで顔も名も覚えきれなかったが、姉の舅となる主人は辛うじて記憶に留めている。というのも、非常にあだ名をつけやすい風貌をしていたからだ。

「まるで、露をまとった朝採れの赤カブね」

鷺之介でさえ慎んだというのに、お日和は容赦なく口にした。

下ぶくれの丸顔は、見事なまでに真っ赤で、結納や祝言はちょうど一年ほど前、去年の秋に行われたが、暑がりなのか緊張のためか、額や月代にはたっぷりと汗を浮かべていた。

「しかも小粒の赤カブね。へこへこするばかりで、万両店の主人にしては押し出しに欠けるわ」

と、お喜路からも散々な言われようだった。

「でも、いい人だよ。ご主人なのに威張ってないし、鷺にまで愛想よくしてくれて」

「それはね、お鷺がこの家の坊ちゃんだからよ。縁が切れたら、困るのは向こうでしょうからね」

精一杯の庇い立ても、あっさりとお喜路に一蹴された。

ともあれ鷺之介からすれば、伊豆右衛門の印象は悪くない。あの赤ら顔のおじさんが兄の前で、畳に汗まみれの額をこすりつけて詫びているのかと思うと、気の毒な気がした。

長兄も同じ気持ちでいるのだろう、促す声がした。

「お話はわかりましたから、どうぞ、お手をお上げください」

「幸いにも、お形見の櫛は見つかりました。こちらをどうぞ、お瀬己さんにお渡しください。これで腹立ちを収めてくれれば良いのですが」

伊豆右衛門は、舅であり主人である。嫁は呼び捨てにするのがあたりまえだが、そうできないところに立場の弱さが現れていた。

お瀬己の夫の行次郎もその場にいるはずなのだが、父親に任せきりのようで、まったく声はきこえてこない。実を言うと鷺之介は、行次郎が苦手だった。

美男とまではいかないが、顔立ちは悪くない。お瀬己が面食いなだけに、不器量な相手ではまず縁談がまとまらない。外見の良さと万両店、双方において釣り合いがとれていたために、庚屋行次郎に白羽の矢が立ったのだ。

鶴之介のほかに、もうひとり義兄ができると、鷺之介は内心で楽しみにしていたが思惑は外れた。祝言の席で、長兄に連れられて挨拶にも行ったが、「よろしく」と一言返されただけだった。

無口だけなら厭う理由にならない。義兄の眼差しに、何故か憎しみめいたものを鷺之介は感じたのだ。父親とは逆に、商人らしくない横柄で尊大なようすも窺える。

見高ならお瀬己もいい勝負だが、内に溜め込んでいるぶん怖ろしくも思えた。

とはいえ、たとえ苦手でも、長姉をもらってくれるだけで鷺之介には御の字だ。

「お瀬己が騒々しいだけに、あのくらいでちょうどよかろう」

見合いの後、長兄はそう判じて縁談をまとめた。舅姑にあたる主人夫婦の人当たりの良さも、安堵の材にしたのだろう。

「こちらとしても、事を荒立てるつもりはありません。櫛を妹に渡して、そちらさまに帰るよう説き伏せます。不束な妹ですが、今後とも何卒よろしくお願い申し上げます」

あっけないほど早々に話が片付き、拍子抜けするほどだ。

いや、姉たちが関わらなければ、事はこじれることなく丸く収まる。そもそも大人とは、そういうものだ。大仰に騒いだり毒を吐いたり小賢しくほじくり返したりせず、見て見ぬふりをして臭いものにはとっとと蓋をする。それが大人としての、正しいあり方なのだ。

鷺之介は、自分に言いきかせるように、胸に手を当てて首をうなずかせた。

が、騒ぎはその後に起こった。

「では、こちらの櫛は、若旦那さまにお預けいたします。どうぞ中をお改めください」

「はい、では念のため」

兄が櫛箱を開けた気配がして、たちまち意外そうな声があがった。

「違います……この櫛ではありません」

「何ですって！　そんな……そんなはずは！」

「金蒔絵の秋草に螺鈿の鳥だと伺って、間違いないものと……」

「箱はたしかに本物です。母の裏書が入っておりますから。ですが……」

櫛を改めているのか、兄の声が途切れる。

「意匠は似ていますが、やはり違います。私も何度か目にしただけですが、妹の櫛には白い鳥が三羽、螺鈿で細工されていました。ですがこの櫛は、鳥が一羽きりです」

長兄が断じると、主人が震える声で呟く。

「どうして、こんなことに……まさか、櫓屋に騙されたのか？」

「ご主人、やぐらやとは？」

「ああ、いえ、こちらの話で……」

「櫓屋……」

お喜路が、口の中で呟いた。襖を睨みながら、何か考えているようだ。

と、間髪を容れず、とんでもない暴挙に出た。襖に向かって声を張る。

「鵜之兄さん、お喜路です。お邪魔してもよろしいですか？」

「ちょ、ちょっと、三姉……」

止めようとしたが遅かった。襖が向こうから開けられて、仰天する兄の顔があった。

「お喜路！　それに鷺之介まで……いったいどうしてここに？」

「長姉さんの憂さ晴らしにつき合って、あたしたちもたまたまこちらに」

涼しい顔で、しゃあしゃあと言ってのける。

「不躾はお許しくださいな。兄さんが来ているときいて、お鷺がどうしても兄さんのところへ行くと言ってきかなくて」

濡れ衣も甚だしい。そのために自分を差し向けたのかと、お日和の腹の内がようやく読めた。

「ごめんなさい、鵜之兄さん……」

殊勝に詫びながら、懸命に無罪を目で訴える。長兄は、妹たちの気性も末弟の立場も呑み込んでいる。察してくれたようで、眉を顰めながらも弟妹を部屋に入れた。

脇に膳の仕度が整っているが、手がつけられたようすはない。先に話を済ませるつもりでいたのだろう。座敷の奥に庚屋親子が並び、差し向かいの場所に弟妹を座らせた。

兄の前には庚屋の主人が、姉の前には行次郎が、鷺之介はややはみ出した格好で姉のとなりに座った。

挨拶を済ませると、お喜路は伊豆右衛門に顔を向けた。

「庚屋の旦那さま、ひとつ伺(うかご)うてもよろしいですか？」

「え？　ええ、何なりと」

「先ほど、襖の前でちらりときこえたのですが……櫓屋とは、尾張町(おわりちょう)にある古道具屋の櫓屋では？」

主人の赤ら顔が、明らかに動揺した。まるで赤カブから汁が滴(したた)るように、月代の天辺(てっぺん)から大量の汗がふき出す。

「櫓屋とは、うちもつき合いが深いので。なにせ道具が増えるばかりで、引き取りをお願いしているのです。お金ばかりでなく品を回すのも、商家の務めですからね」

主人の返しをさえぎるように、お喜路はなめらかに講釈を続ける。そしてわざとらしく、ぽん、と手を打った。

「あ、もしかして……お宅の道具を売り払う折に、誤って姉の櫛を渡してしまったのでは？」

水気を絞り出し萎(しお)れていた赤カブが、一息にしゃっきりする。

「そ、そうなのです！　気づいたときには後の祭りで……あまりに面目なくて、若旦那やお瀬己さんにも打ち明けられずにおりました」

申し訳ないと下げられた赤い頭に、お喜路の声が降る。

「でも、おかしいわね。失せた櫛は、姉の部屋にあったはず。それがどうして間違って紛れ込んだのか……」

「そ、それは……」

「ああ、わかりました！　日頃から姉に断りなく、姉の道具を勝手に始末していた。そういうことですね？」

赤いカブは、畳に伏せられたまま動こうとしない。肩がかすかに震えていた。

カリリ、と小さな音がした。何だろう、と鷺之介は首を回した。

音は父親のとなりにいる、行次郎からきこえる。最前からひと言も口を利かず、挨拶したときですら黙って会釈しただけだった。表情からは、何も読みとれない。うつむいたまま、視線は畳に据えられている。その行次郎から、カリリ、カリリと音がする。

音の正体は、わからない。わからないからこそ、背筋に寒気を覚えた。

「庚屋さん、どうぞもうその辺で。これ以上、事をこじれさせないためにも、事情を話してくださいまし」

鶉之介に乞われて、ようやく伊豆右衛門が頭を上げた。赤い顔はすっかり萎れて、目には涙すら浮かべている。

「情けない話ですが、お瀬己さんの費を賄いきれなかったのです。去年の暮れの掛け取りに、反物屋や小間物屋から、合わせて三百両もの払いを請われました。およそ三月分ですから、月々百両にもおよびます」

越後屋などは現金掛け値なしを謳っているが、大方の店は半年に一度、盆と正月に半期分の掛け取りを行う。月々百両も衣装に費すのは、実家の飛鷹屋でも同じだったが、庚屋では身代に関わるほどの出費であった。

「妹の遣いの粗さは承知しています。ひと言ご相談くだされば……」

「飛鷹屋さまには、すでに大枚をお借りしています。これ以上の無心は憚られました。ですが月々百両はあまりに痛い。そんなとき、おつきの女中から耳に入りまして……お瀬己さんは、買った品を一、二度使うだけで、後は見向きもしないと」

「長姉さんはむしろ、同じものを何度も身につけるのは、恥だと考えている人だもの」

と、お喜路が納得顔でうなずく。

「だから姉に気づかれぬよう、少しずつ着物や道具を持ち出していたというわけね？」

お瀬己が求める品は上物ばかりだ。櫓屋は思った以上の高値で買い取ってくれて、どうにかやりくりがついたという。

「盗人めいた真似をして、面目しだいもございません」

ふたたび伊豆右衛門が、額を畳にこすりつける。

ガリリ、とさっきより大きな音がした。

鷺之介は、音の正体にようやく気づいた。行次郎の左手は、きちんと膝の上にある。しかし父親のいる側とは逆になる右手は、右腿の脇に落とされている。

その手先の辺りを見て、鷺之介は心底ぞっとした。

正座した太腿に隠れて、それまでわからなかった。父親の伊豆衛門はもちろん、兄や姉からは見えない位置だ。太腿の下、右の脛の横の畳が、齧られたように大きく毛羽立っていた。

嵯峨路ではまめに畳替えをしているから、匂い立つような青畳だ。それが無残なまでに中の畳床を晒している。そしていまも、青い畳表は、行次郎の爪に削られている。

音はどんどん大きくなって、ガリリ、ガリリと苛立ちを増していく。

思わずとなりに座る姉の袖を握りしめ、お喜路も、おや、とふり返る。

その瞬間、行次郎が火の中の栗のように爆ぜた。

「親父、もうやめてくれ！　親父が頭を下げる謂れが、どこにある！」

びっくりして、伊豆右衛門が身を起こした。

「ど、どうした、行次郎……おまえらしくもない」

「あんな女のために、どうして詫びねばならない！　たいした器量でもないくせに、馬鹿みたいに飾り立てて、親父の苦労も私の我慢も毛ほども察しようとしない」

「よしなさい、行次郎！」

いきり立った息子は、父親の忠告にも耳を貸さない。鷺之介は姉にしがみつき、鬼のような形相をただ茫然と見詰めていた。

「店のためには飛鷹屋の金が要る。だから堪えて一緒になったというのに、あの女はわがまま放題だ！　女は男に仕えるのがあたりまえ。そんな弁えすらあの女はもっちゃいない」

家のために良家から嫁をとるのは、よくある話だ。しかし尊大な行次郎には耐えがたく、まるで身を売るような心地がしたのだろう。あのとき感じた憎しみの正体を、鷺之介は目の当たりにしたように思えた。

同時にもうひとつ、気づいたことがある。弟の横で、お喜路が低く呟いた。

「つまりは女や子供を、一人前とみなしていないということね」

女はか弱く庇護を求める存在であり、男なしでは何もできない。それが行次郎にとっての、理想の女の姿なのだ。

「だからちっとばかり、し返しをしてやったんだ。なのに櫛一本で、大げさに騒ぎ立てて」

「行次郎……おまえ、まさか……」

「あの櫛は私がもち出して、馴染みの女にくれてやった。いつだったか、蒔絵だ螺鈿だと偉そうに吹聴していたから、ほんの意趣返しのつもりでな。おかげで少しは気が晴れたよ」

箱の裏書には気づかず、お瀬己の持ち物から似たような櫛を探し出し、中身をすり替えたと悪びれることなく語る。

「父親は俄か金持ちで、娘は卑しい芸者の子じゃないか！　対して庚屋には、四代続いた暖簾がある。あんたたちにひれ伏す謂れがどこにある！」

呪いじみた憤りを、小気味のよい音がさえぎった。

ぱん！　と小気味よく襖が開いて、控えの間に、お瀬己とお日和が立っていた。

行次郎の怒鳴り声が届いたのか、あるいはお日和の差し金かはわからない。

お瀬己は遠慮会釈なく座敷に上がり、弟妹をどかせて行次郎の正面に座る。鷺之介は次女と三女に挟まれて、お瀬己の後ろに座った。

「言いたいことは、それだけかい？　成り上がりだの芸者の子だの、悪態をついて満足かい？」

「また盗み聞きか。つくづく里が知れるというものだな」

伊豆右衛門が割って入る素振りを見せたが、鵜之介が手振りで押し留めた。こうなっては、とことんやり合うしか法がない。

「不満があるなら、その都度文句をつければいいじゃないか。金がないならないと、言ってくればよかったのに」

「言ったところで何になる！　身を改めるつもりなぞ、おまえにはさらさらなかろうが。どうせ実家につげ口して、金を引き出すのが関の山だ」

「そりゃそうさ。ある所から金を引っ張るのが道理だろ？」

「それでは庚屋の面目が、丸潰れになる！　どうしてそれがわからないんだ！」

「黙ったままじゃ、わかりようがないじゃないか！　赤ん坊でもあるまいし、口を利かずに済ませうなんて、甘ったれ以外の何物でもないんだよ！」

きいているうちに、頭が痛くなってきた。お瀬己には、暗黙も察しも無縁のものだ。

「嫁に行った以上、あたしだって庚屋の身内のはずだ。なのに亭主はだんまりで、お舅さんはお愛想ばかり。嫁を軽んじて爪弾きにしたのは、そっちじゃないか！」

「おまえのそういうところが嫌なんだ！　世間のあたりまえが通じない、屁理屈をこねる、家を放って遊び惚ける、亭主の世話もしなけりゃ親への気遣いもない。三文の値すらない嫁じゃないか！」

ふいにお瀬己がぷっとふきだした。くつくつと、しばし喉の奥で笑いが続く。

「何がおかしい！」

「いや、夫婦喧嘩なんてしたことがなかったろ？　初めて夫婦らしいことができたような気がしてさ」

虚を突かれたように、行次郎が何とも間抜けな顔をする。

「少し遅過ぎたようだがね……もっと早く、やり合うべきだったね」

肩の辺りが、寂しそうに落ちていた。どきりとしたが、それもわずかな間だった。萎れた菖蒲の茎が水を吸うように、お瀬己は背筋をしゃんと張った。

「あたしはたしかに粗忽者だよ。だがね、それが非道の言い訳ってのは、おかしいじゃないか。盗人めいた真似をして、問い詰められたらあたしを責めるのかい？　それはあまりに道理が合わない」

「いや、お瀬己さん、決してそんなつもりは……」

「親父、もういい……もうやめよう」

ひたすら下手に出る父親を、行次郎はさえぎった。

「櫛は、必ず返す……すまなかった」

神妙な顔だった。亭主のようすをじっとながめて、お瀬己は言った。

「櫛と一緒に、三行半を届けておくれ」

「お瀬己さん、まさか……」

「お舅さん、お世話になりました。お姑さんにも、どうぞよしなにお伝えください。あたしの道具はすべて、そちらで始末してくださいまし」

伊豆右衛門と行次郎それぞれに、ていねいに頭を下げて、お瀬己はすいと立った。ふり返ることなく、座敷を出ていく。

「では、私どももこれにて」

「お邪魔しました」

お日和とお喜路が、やはり席を立つ。姉たちの後を追うべきか、迷っているうちに機を逃してしまった。鷺之介はちんまりと、兄の後ろにかしこまったままだ。

鶲之介が、ほうっと長いため息をついた。

「こうなっては、仕方ありませんね。庚屋さん、妹との縁は切れたものとご承知おきください」

「いや、待ってください！　いまお借りした金子を引き上げられては、庚屋は明日から立ち行きません。このたびの不始末は幾重(いくえ)にもお詫びしますので、どうか、どうか……」

「ご心配にはおよびませんよ。妹のことは、融通(ゆずう)した金とは別の話です。お返しは証文の日限(ひぎり)どおりで構いませんよ」

「よろしいのですか！　ありがとうございます、恩に着ます」

長々しい礼を切り上げて、鶲之介も腰を上げた。座敷を出る兄の後を、鷺之介も追いかける。

ふいに「お鷺」と名を呼ばれて、びっくりした。兄ではない、行次郎だった。

「櫛を女にくれたというのは嘘(うそ)だ。本当は、納戸(なんど)の隅に仕舞ってある……そう伝えてくれないか」

「はい……」

伝えてどうなるものでもなかろう。それでもこの義兄への苦手が、少しだけ和(やわ)らいだ。

「長姉さんも、これで晴れて出戻りね。別に気に病むことなぞないわ、離縁なんて世間じゃ茶飯事なんだから」

「そうそ、七度も離縁した強者(つわもの)もいるそうよ。長姉なら、その域の出戻りを目指せるわ」

「出戻り出戻りとうるさいね。まあ、そういうことなら、出戻り祝いでもしようかね」

嵯峨路からの帰り道、前を行く三姉妹はいつにも増してにぎやかだ。鷺之介は姉たちの少し後ろを、長兄と並んで歩いた。

「どうした、お鷺、おとなしいね。姉さんの離縁が、そんなに気詰まりかい?」

「それもあるけど……あんなに面と向かって悪口を言われたら、誰だって傷つくでしょ？　長姉は平気なのかなって」

「平気ではなかろうが、平気なふりはするだろうね、お瀬己なら」

怖くて鬱陶(うっとう)しいだけの長姉が、今日ばかりは痛々しくも見えた。そんな感傷も、一瞬で霧散する。

「お鷺、明日は朝から、呉服屋と小間物屋をまわるからね。もちろんおまえも一緒だよ」

「明後日(あさって)は萩(はぎ)を見に、萩寺に行きましょうね」

「その次の日は芝居よ。お祝いなんだから、三日がかりで派手にやらないと」

「お祝いって、行先はいつもと変わらないじゃないか」

三人ともさっさと嫁いでほしいと、心から思う。目論見は大きく外れたが、くじけるものかと拳を握った。

「鵜之兄さん、まずは長姉の再縁をまとめないと。静かに安らかに暮らすには、それしかありません」

「お鷺、それではまるで、お墓に入った人のようだよ」と、長兄が苦笑する。

塒に帰る椋鳥の群れが、暮れた空を通り過ぎる。

数多の鳥にも負けぬほど、姉妹の囀りはかしましかった。

ふういんきり

「お鷺、何をぐずぐずしているの、出掛けるわよ」

三女のお喜路が部屋まで呼びにきたが、鷺之介の腰はなかなか上がらない。

買物に遊山に寺社参りと、姉たちにつき合うのはいずれも骨が折れるのだが、中でももっとも憂鬱なものが、月に三度はめぐってくる。

「今日はよしておこうかな……夢見が悪くて、何だか頭が痛いんだ」

「茶屋で朝餉をいただけば、頭やみなどとんでいくわよ」

精一杯の断りを試みたが、あっさりと一蹴される。

「ほら、さっさとしなさい。姉さんたちがお待ちかねよ」

まるで土壇場に引き立てられるような、暗澹とした気持ちで三女に続く。

「どうしてこんな朝っぱらから……丸一日が潰れちまうよ」

「何か言った？」

ついぼやきがこぼれたが、姉にふり向かれて首を横にふる。

まだ日の出前――鷺之介にとって、もっとも長い一日の始まりだった。

外に出ると、駕籠が四挺並んでいて、長女のお瀬己と次女のお日和は、駕籠脇に立っていた。女子供の足でも歩いていけるほどの道のりだが、駕籠で乗りつけるのが常だった。

三姉妹はともに、白みはじめた背景の空には、あまりに似つかわしくない着飾りようだ。

真夜中に起き出して、入念に化粧と着付けをするのは、芝居見物の作法だという。

たしかに姉たちに留まらず、芝居小屋に出掛ける女たちは、まるで競うように身なりに気合が入っている。

「お鷺はまったく、いつになったら寝坊癖が治るんだい？　待たされるこっちの身にもなっておくれよ」

「まだ子供なんだから、仕方ないわ。ようやく寝小便が、治ったばかりだものね」

「寝小便なんてしてないよ！　うんと小さい頃に、数えるほどしかしてないし」

思わずお日和に向かって反論する。連れ回されるこっちの身にも、一度くらいなってほしい。

そう願いつつ、そんな幸せは一生なかろうと諦めがわく。

唯一の救いは、長男の鵜之介が、見送りに出てきたことだ。

「お鷺、長丁場だから無理をせず、疲れたら構わず昼寝をおし」

優しい兄の言葉に、ほろりとくる。やはり鷺之介の気持ちをわかってくれるのは長兄だけだ。

四挺の駕籠が向かった先は、芝居町だった。

歌舞伎というものは、日の出前の明け六つから始まり、暮れ時の夕七つ半まで上演される。つまりはつき合わされる鷺之介にとっては、一日仕事となる。

三人の姉妹がそれぞれ別の贔屓役者をもち、月に一度は必ずそろって見物に行くために、最低でも月に三度はお供を仰せつかるというわけだ。芝居にとっては一年のはじまり、毎年十一月の顔見世狂言や、贔屓役者が大役を任されたときなどは、自ずと通いが増える。

年に一度ほどは、三日がかりで芝居見物をすることさえあり、そちらはさすがに、十一歳の末弟には荷が重かろうとの長兄の口添えのおかげで、お供を免れている。

そもそも歌舞伎芝居の内容は、子供には刺激が強すぎる。嫉妬、裏切り、謀略がつきもので、人殺しすら茶飯事だ。実際、数多の見物人の中で、子供の姿は数えるほどだ。良識のある大人なら、むしろ子供には憚るはずだが、残念ながら飛鷹屋の姉妹に良識は望めない。

初めて芝居小屋に行ったのは二年前、鷺之介が九歳のときだった。

あのときのことを、鷺之介はいまでも後悔している。なにせ当の鷺之介が、連れていけと駄々をこねたのだ。人生最大の過ちだったと、あの頃の自分に説教してやりたい。

ただ、ごねたのには理由がある。兄の鶺之介が、めずらしく見物に同行したからだ。

廻船問屋の跡取りとして忙しい身であるだけに、鶺之介が芝居に行くのは、年に一度あるかないか。たまたまその日に当たり、五人兄妹の中で自分だけが留守番させられるのが不服で、後生だから連れていってくれと兄に頼み込んだ。

「おまえには少々早過ぎるし、すぐに飽いちまうと思うがね」

そう言いながらも、鵜之介は弟の頼みをきき入れて、鷺之介は初の芝居見物に至った。

その日ばかりは、文句なく楽しい一日だった。

役者の豪華な衣装や奇妙な化粧に目を奪われ、鮨詰めの芝居小屋の熱気には圧倒された。芝居茶屋でいただくご馳走や、幕間に運ばれる幕の内弁当を平らげ、しかし昼餉を食べてから欠伸が増えて、ほどなく兄の膝を枕に眠ってしまった。

一日がかりの芝居の見せ場はむしろここからで、八つ時には客の熱狂は最高潮に達する。小屋が揺れるほどの歓声と拍手が響きわたるが、それでも鷺之介は目を覚まさなかったと、後で笑い話にされた。鷺之介にとっても、忙しい兄と終日一緒に過ごした、幸せな思い出だった。

しかし何事も、過ぎたるは猶及ばざるが如し——。

「お鷺が芝居好きでよかったよ。これからはお鷺も誘ってあげないと」

「この前は、肝心なところで眠りこけていたものね。今日はちゃんと起こしてあげるわね」

「芝居の肝は狂言よ。筋立ては、私が教えてあげるわ」

姉たちの好意は未だに続き、現在に至る。もはや苦行以外の何物でもない。

町はすでに動きはじめていて、魚河岸に向かう魚売りが空の桶を担いで日本橋へと走っていき、早朝に出立する旅姿の者もいる。店の小僧が起き出してくる頃合で、箒を手にした小僧たちは、寝ぼけまなこをこすりながら店先を掃いていた。

いずれも鷺之介より少し年上だが、子供であることには変わりない。鷺之介はいつも、複雑な思いにかられる。正体はわからないが、胸の辺りがもやもやするのだ。

鷺之介の胸中とは裏腹に、駕籠は軽やかに進み、ほどなく芝居町に着いた。

早朝にもかかわらず、まるで昼間のように賑やかだ。この刻限にこうまで人が集まるのは、魚河岸と青物市場、そして芝居町くらいだろう。

御上から正式に興行の許しを受けた芝居小屋は、堺町の中村座、葺屋町の市村座、木挽町の森田座のみで、俗に江戸三座と呼ばれる。

堺町と葺屋町はとなり合っており、両町を称して芝居町といった。この辺りには、もっと小さな芝居小屋や、浄瑠璃や人形劇の小屋もひしめいている。往来も茶屋の内も人でいっぱいで、開演を告げる明け六つの太鼓を、いまかいまかと待っていた。

「これは飛鷹屋のお嬢さま方、ようこそお越しくださいました」

「松亀」の主人が、満面の笑みで姉妹を迎える。屋号は松野屋、主人の名は亀右衛門で、店の通り名は松亀だ。

「坊ちゃまもようこそ。おや、少し眠そうですね。目覚ましに飴湯なぞいかがです？」

と、子供の鷺之介にさえ、もてなしに余念がない。

「ささ、どうぞ中へ。すぐに朝餉を運ばせます。今朝は少々冷えましたから、葱や生姜をたっぷり利かせた、味噌粥をご用意しました」

芝居茶屋には大茶屋と小茶屋があり、他に水茶屋もある。大茶屋は一流の料理屋としても認められ、芝居小屋近くに店を構える。中村座の正面に暖簾（のれん）を上げる松亀は、大茶屋の中でも指折りであり、客は大名や旗本、御殿（ごてん）の奥女中、富裕な商人に限られた。

席を取るための木戸札（きどふだ）を仕度し、飲食の世話をするのが芝居茶屋で、庶民はもっぱら小茶屋を使い、水茶屋は主に場内の飲食をあつかう。

飛鷹屋の三姉妹は松亀にとって、ある意味、大名以上に貴重な太客であろう。毎月欠かさず通う上に、金の落とし方も桁（けた）が違う。主人の恵比寿（えびす）顔は、途切れたためしがない。

通された座敷には大火鉢が据（す）えられて、暑いほどに温かかった。

ほどなく朝餉の膳が運ばれる。熱々（あつあつ）の味噌粥に、和（あ）え物と香（こう）の物という軽い食事だが、昼餉と夕餉のほかに、観劇中も弁当や菓子、酒や茶が出されて、いわば一日中、飲み食いするようなものだから、これで十分だ。

鷺之介の膳には飴湯も添えられていて、味噌粥と飴湯でからだが温まると、かえって眠気が増した。

ここから先は、出方（でかた）と呼ばれる男衆の案内で、芝居小屋に向かう。

桟敷（さじき）客のために設けられた入口から芝居小屋に入り、白い鼻緒（はなお）の福草履（ふくぞうり）に履き替える。

席は上桟敷、もっとも値の張る席である。桟敷は上下二階建ての造りだが、一段低い枡席（ますせき）を一階に数えると、最上階が三階となる。ただ、お瀬己は不満そうだ。

「本当は、かぶりつきで見たいところなんだがね」と、お瀬己がぼやき、

「長姉（おさねえ）さんが喧嘩（けんか）っ早（ぱや）いから、上桟敷にせざるを得ないのでしょ」お日和が皮肉を返す。

上桟敷より、役者を間近で拝める席がある。舞台や花道と同じ高さにある下桟敷で、役者目当ての娘たちには何よりの上席だった。ただし下桟敷のすぐ目の前は、枡席である。

「喧嘩をふっかけてきたのは向こうだろ。たかが枡席の分際で、えらそうに御託(ごたく)を並べ立て、あげくの果てに蘭(らん)さまに野次(やじ)をとばすんだよ。黙って見ていられるものかい」

娘たちは若い二枚目役者に熱を上げるが、通ぶった男客はそれが面白くない。小屋にとびかう役者への声は、鼓舞と同じほど野次も多かった。

お瀬己が贔屓にしているのは、吉瀬蘭十郎(きちせらんじゅうろう)。まだ若いが、顔良し声良し姿良しと娘人気がひときわ高い。

「長姉さんは、すぐ向きになるから。野次に文句をつけて、相手の男が桟敷にまで上がり込んできたことがあったじゃないの」

「あのときはさすがに冷や冷やしたわ。出方が押さえてくれたから、事なきを得たけれど」

次女と三女が、眉(まゆ)をひそめる。以来、松亀の差配で、飛鷹屋姉妹の中村座での定席は、上桟敷と相成(あいな)った。

「こっからじゃ遠すぎて、蘭さまの顔をじっくりと拝めないじゃないか」

「芝居が引けてから、役者を席に呼ぶのでしょ？　存分に拝めるわ」

「そうそう、向(むこう)桟敷と違って、声も存分に届くしね」

上席とされる上桟敷の中で、向桟敷と呼ぶ、舞台正面だけは破格に安い。舞台からもっとも遠いだけに、台詞(せりふ)の声が届きづらいためだ。丸一日を費(つい)やすだけに、終始、行儀よく見物する客なぞまずおらず、見せ場以外は、飲み食いしながらてんで勝手に話に興じる。芝居小屋の内は、江戸でもっとも繁華な両国広小路(りょうごくひろこうじ)なみに騒々しい。

　ために向桟敷は、木戸銭がもっとも安く、三日にあげず通うような芝居好きの玄人(くろうと)のための定席とされ、向桟敷からの掛け声もまた大向(おおむこう)と称された。

「そういえば、最近気づいたんだけど。大向の掛け声って、なんとか屋って屋号を叫ぶでしょ。あれって、この辺の店の名が多い気がするんだ」

「あら、よく気がついたわね、お鷺」

　この手の問いには、お喜路は必ず興を示し、そしてこたえをくれる。

「あの屋号はね、小間物屋(こまものや)とか料理屋とか、芝居町で役者が営(いとな)む店や、あるいは役者のお実家(さと)の屋号なの。実家の稼業でもっとも多いのは、実は芝居茶屋なのよ」

「芝居茶屋の子が、役者になったってこと？」

「そのとおり。芝居小屋と芝居茶屋は、切っても切れない身内のような間柄だもの。茶屋の子が役者の家に養子に出されることは、茶飯事なのよ」

「へええ、だからこの辺の店の名が、やたらと多いんだね」

　疑問が解けてすっきりしたが、姉たちにはよけいな疑問を生んだようだ。

「大向とやらは、あたしゃ好かないね。どうして女声が法度(はっと)になるのさ」

「大向は玄人や通人(つうじん)が、芝居に合わせてかける声だもの。狂言によっては、かける場面や台詞すら決まっているのよ。妙な間で声を張っては、不興を買うわ」

お喜路はそう説いたが、お日和もまた納得がいかないようだ。おっとりと嫌味を吐く。

「女は玄人にも通人にもなれないってことかしら？　いかにも殿方が言いそうね」

「まあ、あたしもそれは不満だけど。もともと歌舞伎は、女踊りから始まったのにね」

男に許されて、女には認められない。男女のあたりまえは、三姉妹にとってはもっとも受け入れがたい。下手をするとばっちりがきそうで、鷺之介はわざとらしく声をあげた。

「うわあ、今日も人でいっぱいだあ」

手すりから身を乗り出して、階下を覗き込む。幅広の手すりには緋毛氈が敷かれて、煙草盆とその日の番付——配役を連ねた刷り物が置かれていた。

舞台より一段低い枡席は、人がぎゅうぎゅう詰めになっていた。板で正方に仕切られた枡席は、七人詰めとされているが、一家や親類、となり近所などで一枡を借り切れば、何人入ろうと文句は言われない。

「ひい、ふう、みい……すごい！　十三人も座ってる」

「七人のほぼ倍じゃないの。ああ、子供もいるのね」

お喜路がひょいと、手すりから顔を出す。鷺之介より小さな子供が三人、大人に押し潰されそうになりながら、きゃっきゃと騒いでいた。

「七人ちょうどの枡は、たぶん相席客ね」と、お喜路が説く。

ひとりふたりで来る客は、一枡のおよそ七分の一の木戸銭を払って相席するという。

「七人というと……あの辺りかな」

数どおり七人が収まった席に目をやった。

ここにも子供がいる。鷺之介と同じ年頃に見える男の子と、妹だろうか、五つくらいの女の子が並んで座っていた。つい、じいっと見詰めると、まるで視線に気づいたように、男の子がこちらをふり向いた。まともに目が合って、どぎまぎする。目を逸らそうにも、目玉が糊で張りついたように動かない。

と、相手がにっこりと笑った。実に嬉しそうな、笑顔を向ける。

鷺之介も思わず、笑顔になった。男の子のいる席は反対側の桟敷の前辺りで、声すら届きそうにない。なのに相手を、とても近しく感じた。

「御酒と口取りをお持ちしました。末のお嬢さまと坊ちゃまには、茶と菓子を」

出方が盆を抱えてきて、緋毛氈の上に酒と口取肴、お喜路と鷺之介の前には、名店の焼き印が押された饅頭や羊羹を並べた。

「お酒はほどほどにね。長姉さんは弱いのだから」

「あたしが弱いんじゃなく、お日和が底なしなんだよ」

酒を注ぐお日和をちらりと睨んで、お瀬己がこぼす。上のふたりは酒好きだが、三女のお喜路は頭が鈍るといって好まなかった。

さっき飴湯を飲んだばかりだ。鷺之介は菓子には手を伸ばさず、大皿に盛られた肴に目をやった。卵焼きやかまぼこ、きんとんなどが並んでいる。かまぼこを指でつまんで、口に放り込む。行儀作法のたぐいには、まったく頓着しないのは、三姉妹の数少ない長所だった。

「今日の芝居は、『恋飛脚大和往来』だったわね。忠兵衛は誰がやるの？」

「ええっと、忠兵衛は菊五郎……あら、八右衛門役は歌右衛門なのね。このふたりなら、掛け合いが楽しみね。仁左衛門が演じる孫右衛門も、外せないわね」

「あたしは蘭さまの梅川よりほかは、目に入らないがね」

お日和の問いに、番付を覗きながらお喜路がこたえ、お瀬己が横から口を出す。

芝居は年に四、五回、演目が変わり、外題が長い上に難しいから、鷺之介は未だに覚えきれない。

「こいのたよりって、どんな話だっけ？」

きいたことのある外題だが、鷺之介の頭には鯉幟しか浮かんでこない。

もとは大坂、近松門左衛門作の人形浄瑠璃『冥途の飛脚』で、後に歌舞伎芝居になった。

江戸と上方の歌舞伎は、演目はもちろん役者の行き来も盛んなことは、かねてお喜路からきいていた。上方歌舞伎の狂言は江戸でも頻繁にかけられ、上方の名優が江戸の芝居に出たり、江戸の人気役者が京や大坂で演じたりもする。

『恋飛脚大和往来』のあらすじも、お喜路が簡単に教えてくれた。

「主役は亀屋忠兵衛、飛脚問屋の若旦那で、なじみの遊女が梅川。梅川の身請けのために、お屋敷に届ける三百両の封を切ってしまうの。封を切れば、着服と同じこと。封の切り方が、役者によって違うからちゃんと見ておくのよ。敵役の八右衛門は、封を拾って役所へ走り、捕縛を憂えた忠兵衛と梅川は、心中の道行きへと旅立つの」

「また心中物？　芝居に出る男女って、すうぐ心中するよね」

「そこが近松の醍醐味なんだから、文句をつけない。心中物は御上の目がうるさくて、近松の当たり狂言たる『曾根崎心中』なんて、お蔵入りになっちまったのよ。外題から心中を外したり、『恋飛脚』のように最後の場面を心中ではなく、親子の情物にしたりと、狂言作者は工夫を凝らしているの」

ふうん、とあまり関心のない返事をする。どうしてわざわざふたりで死ぬのか、子供の鷺之介にはまったくわからない。

「まあ、『曾根崎心中』は、筋がひととおりでつまらないけれど、『恋飛脚』は見所が多いわよ」

忠兵衛と梅川は、雪深い新口村に辿りついて、忠兵衛の実の父親の孫右衛門と偶然再会する。最後の幕は、この孫右衛門がいわば主役で、親子の情がたっぷりと描かれる。

「最後を締めるのだから、孫右衛門役はとても大事なの。あとは、忠兵衛と八右衛門のやりとりも見所ね。ここはその場の興で台詞を作るから、敵同士とはいえ、どちらも芸達者で息の合う役者が務めるのよ」

たっぷりと講釈してもらったが、やはり芝居の長丁場は、子供には耐えられない。お喜路の語った見せ場とやらも、昼を過ぎるまでは出てこないという。

幕間のたびに、桟敷客は芝居茶屋に戻って休息をとるが、最初の幕間で鷺之介は言った。

「ちょっと小屋内を見物してもいい？　座ってばかりで疲れちゃった」

「構わないよ。小屋内なら迷子になりようがないし」

お瀬己はあっさりと許しを与えたが、お日和には釘を刺された。

「勾引に遭わないよう、気をつけなさいな。お鷺のように身なりの良い間抜けな子供は、人さらいには格好よ」

「間抜けって、ひどい……」

外に出て、向かいの松亀に入っていく姉たちを見送って、急いで踵を返した。枡席と桟敷は入口が違うだけに、小屋内では繋がっていない。向かって右の桟敷口から左の枡席口に走り、入ろうとしたが木戸番に止められた。鷺之介の身なりを見越してか、乱暴な物言いはされなかった。

「こらこら坊ちゃん、木戸札は？」

「木戸札は……たぶん姉さんたちが……」

いつも芝居茶屋に任せきりだから、鷺之介は木戸札の姿すら見たことがない。

「席は桟敷なんだ。でも、枡席に用があって……」

「だめだめ、いくらいいとこの坊ちゃんでも、木戸札なしには通せねえよ」

木戸番はがんとして譲らない。枡席の者も幕間にはやはり茶屋で休んだり、外をぶらついたりする。茶屋に戻って木戸札を取りにいくあいだに、すれ違う恐れがあった。

おまけに幕間の小屋前は、人の出入りが激しくて、たちまち大人の垣根に囲まれて、方角すら見失いそうだ。鷺之介は途方に暮れた。

「どうしよう……次の幕間にしようか……」

あきらめかけたとき、人垣の隙間から、あの笑顔が見えた。

「あ……あの！　待って！」

精一杯の声を張り、垣根を破って顔を出す。妹に笑いかけていた男の子が、こちらを向いた。

「あれ……？　あ、さっき桟敷にいた子だ！」

いかにも嬉しそうな表情に、それまでの苦労が報われた心地がする。

「その子は妹？」

下からじいっと見詰める視線の主に、愛想笑いを返す。

「うん、つきっていうんだ。おれは五百吉」

「……おれ、鷺之介」

自分をおれと言ったのは初めてで、ちょっと大人になった気分だ。

「おつきが飽いてごねちまって、外で気晴らしさせようと思ったんだ」

「あ、そうだ！　いいものがある……いたっ！」

誰かの腕が当たって、鷺之介が顔をしかめる。

「ここじゃ、ゆっくり話もできないな。あそこに行こうよ」

五百吉が天水桶を指差して、ひとまずその脇にしゃがみ込む。鷺之介は紙に包んだものを懐から出して、兄妹の前で開いた。

「これ、食べない？」

焼き印を押された饅頭がふたつ。姉たちも手をつけず、ふたりへの土産にしようと、鷺之介はこっそり包んで懐にしまっておいた。

「うわあ、旨そう！　いいの？」

「うん、おつきちゃんも、どうぞ」

妹がぱくりと頬張って、たちまち笑みくずれる。現金なもので、饅頭ひとつで鷺之介の価もぐんと上がったようだ。にこにこと無邪気な笑顔を向ける。

「鷺之介のぶんは？」

「鷺でいいよ。おれはもう食べたんだ」

同じ饅頭を、別の日に食べたことがあるから、とりあえず嘘ではない。

「それじゃあ、遠慮なく。あ、おれも五百でいいよ」

「兄ちゃん、お饅頭、美味しいね」

「本当だ！　なんか高そうな味がする」

旨そうに食べる兄妹をながめていると、自分が食べるよりお腹が満たされていくようだ。

「はあ、旨かった。ごちそうさま。鷺のうちは、金持ちなんだな」

「うん、たぶん……」と、つい肩が落ちる。

「なんで残念そうなの？」

「いいことばっかりじゃないから……たとえば、手習いに通えないし」

「え、どうして？」

「家に師匠が来るんだ。ひとりで教わるから怠けることもできなくて、同じ歳くらいの子ともなかなか会えなくて」

「ひとりきりじゃ寂しいね。おれの通う手習所なんて、烏の群れみたいにうるさいよ」

五百吉は、言葉や態度に粗さがなく、風情が優しい。金持ちときくと、ひがみ根性を露わにする手合いも多いのだが、ごくあたりまえのように受け止める。頭がよく、素直な気性なのだろう。

「通油町にある手習所なんだ。おれの家は新大坂町だけど。芝居町からは近いんだ」

「通油町なら知ってるよ。小伝馬町のとなりだよね。うちは日本橋品川町」

「日本橋ならすぐ近くだ。今度、一緒に遊ぼうよ」

「うん、遊ぼう！」

友達ができたことなぞ、いつぶりだろうか。親戚には子供も大勢いて、幼い頃はよく遊んでいたのだが、一、二年前からようすが変わってきた。末弟とはいえ、鷺之介は本家の息子だ。やたらと気を遣われるか、逆に遠巻きにされるかのどちらかで、ちっとも楽しくない。貝独楽や積み将棋をしても、勝ちを譲られるようでは互いに気が塞ぐ。

代わりに姉たちに、やたらと構われるようになった。

「あっ、おとっちゃんだ！」

おつきが天水桶の陰からとび出して、父親に向かって駆けていく。娘を抱きとめて、父親は声をあげた。

「こんなところにいたのか、探したぞ！」

心からの安堵の声だった。やっぱり金持ちだから、幸せだとはかぎらない。

うんと幼い頃、父の鳶右衛門とふたりで出掛けたことがある。父は顔が広いだけに、方々で見知りに出会い、そのたびについでと称して商売の話になる。子供にとってはあまりに長い待ち時で、何度目かの折に父の傍を離れて、周囲の店屋などを覗いていた。

戻ろうとして、初めて気がついた。父の姿がどこにも見えない。慌てて探したが、よけいに迷ってしまった。行けども行けども見知らぬ顔ばかり。あのときの恐怖は、いまでもからだにしみついている。遂には道の真ん中で、泣き出してしまった。

「どうした、坊主？　迷子か？」

目の前の店から、若い職人が出てきて声をかけた。

「おとっちゃんが、どこにもいない……」

「やっぱり迷子か。今日は人の出が多いからなあ……よし、てめえで探せ」

とたんにからだが浮き上がり、人の森のようだった視界が、いきなり開けた。職人が肩車をしてくれたのだ。まるで自分が奴凧になったようで、爽快な気分だった。

「うわあ……」

「どうだ、いいながめだろ。そっからてめえで、親父さんを探してみな」

「うん……あ、いた！　おとっちゃんだ！」

案外近くに、鳶右衛門の姿を見つけ、若い職人は親切にも、肩車のまま連れていってくれた。

「おとっちゃん！　おとっちゃん！」

「うん？　おお、お鷺、ずいぶんと背が伸びたな。楽しいか？」

楽しいか、と問われて、何も応えられなかった。息子が迷子になったことにも、父は気づいていなかった。むろん、探してすらいない。肩車で高揚した気分が、みるみるしぼんでいく。職人の肩から下ろされて、地面に足が着くと、辺りはさっきよりも暗い人の森になった。

「櫓太鼓が鳴っても戻ってこないから、心配したぞ」

五百吉の父親の声で、我に返った。話に夢中で、次の幕を知らせる太鼓の音にも気づかなかったようだ。

「ごめん、父ちゃん、話し込んじまって……この子は鷺之介、仲良しになったんだ」

「そうか、そいつは良かったな。うちのと仲良くしてくれな」

父親の弐吉は、顔立ちは違っているのに、笑顔だけは息子とそっくりだった。父と一緒に行こうとする五百吉の袖を、慌てて引っ張った。

「あ、あの、あのさ……次の幕間も……」

「ああ、そうだ！　約束しておかないと。次の幕間も、あの天水桶のところで待ってるね」

「うん！　待ってる！　……あ、次の幕間は昼だから、弁当を食べてからでいいからさ」

「わかった、弁当の後に必ず行くね」

親子の姿を見送って、ほっと息をつく。と、背中に、馴染みのある不穏な気配を感じた。

「何だい、あの親子は。ぱっとしない身なりだね。芝居といや、男ですらも着物を吟味するってのに」

「貧乏人とのつき合いは、ほどほどになさいと言ったでしょ、鷺之介」

「出職の身なりだけれど、大工や鳶のような粋には欠けるわね」

明らかに見下したようすに、たちまちかっと頭に血が上る。

「あの子の前でそんなこと言ったら、姉さんたちとは一生、口をきかないからね！」

「おや、いつになく歯向かうね」

「歳の近い子と久々に遊んで、のぼせているのでしょ」

「そんなことより、そろそろ幕が開くわよ。早く行きましょ」

姉たちに何を言っても、ただ虚しい。この感じは、迷子になったときと同じだ。父の鳶右衛門も姉たちも、根っこのところで鷺之介と食い違う。同じものを見ても、鷺之介は丸だと言い、父や姉は四角いと評する。そのくらい、違いが際立っている。

五百吉ならきっと、間違いなく丸い形だと請け合ってくれる。

そう思うと元気が出て、鷺之介は姉たちの後を追った。


「あ、ちょうど間がよかったね」

「今日はもう、三度目だからね」

天水桶に辿り着くより前に、戸口前で五百吉と鉢合わせした。

昼餉の後が二度目、そして八つ時のいまが三度目になる。この後はいよいよ芝居は見せ場を迎え、幕が下りるまで小屋は歓喜に包まれる。

並んで行こうとしたが、五百吉のからだが大きくよろけた。たちまち上から小言がふってくる。

「気をつけておくれ！　一張羅が汚れるじゃないか！」

当たったのは五百吉の背中だから、ぶつかってきたのは向こうの方だ。物言いにむっときて、商人風の男をふり仰ぐ。お店の手代か番頭と思しき、中年の男だった。顎の下、少し右寄りに、刃物の先で突いたような目立つ古傷があった。

思わず下から睨みつけると、相手がぎょっとする。男は鷺之介ではなく、五百吉を見ていた。まるで五百吉の視線を避けるように、顔を横に向け、足早に離れていく。去っていく男の背中を、五百吉はじっとながめていた。

「もしかして、知った人？」

「ううん、でも……このあいだ、稲荷の境内で会った人かも」

「いつ？」

「んーと、何日か前だけど……ああ、そうだ！　母ちゃんが実家に行った日だから、四日前だ」

五百吉にはもうひとり、半月前に生まれた赤ん坊の弟がいた。お産は無事に済んだが、母親の産後の肥立ちが捗々しくなく、大事をとって実家で養生させることにしたという。

「へええ、妹だけでなく赤ちゃんもいるのか。おれは末っ子だからうらやましい」

「おれは兄さんや姉さんが欲しかったけどな。お互いないものねだりだね」

顔を合わせて、苦笑を交わし合う。長男には長男の、重責や苦労があるはずだ。鷀之介を見ているだけに、よくわかる。

「ただ、母ちゃんが実家に帰る日、おつきが連れていけと言ってきかなくて。しがみついて離れないんだ。母ちゃんが往生して、うっかり約束しちまって。いい子にしてたら、おつきが大好きな菊五郎の、『封印切』に連れていくって」

「え、あの歳で、贔屓の役者がいるの？」

「菊五郎贔屓は、母ちゃんなんだ。といっても、芝居に通う金などないからさ。役者絵をながめるのが関の山で。いつのまにか、おつきもすっかり菊五郎に惚れ込んじまって」

「それは末恐ろしいね。女って、どうしてこうも役者に入れ上げるかな」

おつきはちゃんと、その約束を覚えていて、翌日から父の顔を見るたびに、同じ台詞をくり返した。

『ふういんきり、いつ行くの？　おつき、いい子にしてるよ』

『封印切』は、いわば主役を張る、菊五郎の見せ場だ。

「ちょうど、この後にやるよ。忠兵衛が梅川のために、三百両の封を切っちまうんだ。封の切り方が役者によって違うから、ちゃんと見ておけと姉さんが……どうしたの？」

話の途中から、五百吉の顔つきが変わった。深刻そうな表情で、考え込んでいる。

「さっきの男に、稲荷で会ったたって話したろ？　あいつが抱えていたのは、やっぱり金の包みじゃないかって……」

「どういうこと？」

「ああ、ごめん、初手（しょて）から話すよ」

天水桶の脇に場所を移して、五百吉が男と会った経緯（いきさつ）を語り出す。

その日は朝から、小雨（こさめ）が降っていた。前の晩、祖父母が母親を迎えにきて一泊した。翌朝、乗合舟（のりあいぶね）で実家に帰る母親と赤ん坊を、船着場まで見送ったという。

その帰り道、近所の朝日（あさひ）稲荷に寄って、母の快癒（かいゆ）を三人で願った。さっきの男と会ったのは、そのときだという。

「お参りを済ませて帰ろうとすると、参道の脇から急に人が出てきたんだ。互いに傘を差していたから気づくのが遅れて、父ちゃんとぶつかっちまって」

そのはずみで、相手が抱えていた包みが胸先からとび出して、少し離れた石燈籠（いしどうろう）の足許（あしもと）に落ちた。藤色の袱紗（ふくさ）に包んであったが、白い中身が半分ほど晒（さら）されて、石畳の上で濡（ぬ）れていた。

親切のつもりで、五百吉が走っていって拾おうとすると、ふいに男が怒鳴（どな）った。

「触るな！」

びっくりして、その場に棒立ちになった。五百吉を睨みつけてから、男は落ちたものを拾い上げて足早に去った。

「そのときは、餅かなと思ったんだ。白くて切餅（きりもち）くらいの大きさで」

「それなら、やっぱりお金じゃない？　小判二十五両の包みを、切餅っていうんだ」

「いま思い返すと、そうかも……でも、小判なんて拝んだこともないし、それに、小判形じゃなく四角かったんだ」

「だったら、金や銀の小粒かも。一分銀とか二分金とか。小判と違って、包みが四角いんだ」

兄のいる表店を覗きに行くから、鷺之介は何度も目にしたことがある。

小判も金銀の小粒も、紙で厳重にくるまれて、表に小判五十両とか二分判二十両とか大書され、赤い印が押してある。二分判とは二分金のことだ。

この表紙が、いわば封印で、もち主以外の者が紙を破れば封印切、すなわち盗んだものとみなされる。

「お父さんには言ったの？」

「はっきりしなかったし、何か薄気味悪くも思えて……」

父親にも語らず、さっきまで忘れていたという。

「そんな男と、たまたまさっき出会ったってこと？」

「うん……たまたま……」

ふっと嫌な想像が胸をかすめた。五百吉もまた、そっくり同じことに思い至ったようだ。顔を上げると、五百吉の案じ顔がそこにあった。

「でも、あいつに会ったのは四日も前なのに……」

「五百たちを見張ってて、今日、芝居見物に来ることも、知ってたんじゃないか？」

五百吉が、しばしじっと考え込む。

「思い出した……あのときも、おつきがしつこく父ちゃんにせがんでいたんだ。『ふういんきり』っておつきが叫んで、そのとき品を拾っていたあいつが、びくりと顔を上げて、おつきをふり返った」

「ますます怪しいね」

「父ちゃんが音を上げて、次の仕事休みに連れていくって。あと三日、辛抱しろっておつきに含めて」

それをあの男がきいていて、ここで待ち伏せしていたとしたら——。

鷺之介ですら、脇の下が冷たくなってくる。当の五百吉は、きっと氷みたいになっているはずだ。

「あいつ……おつきに何かするつもりじゃ……」

「大変だ！」

天水桶の陰から走り出し、木戸番が止めるのもきかず、枡席の口から中に駆け込んだ。ここから入るのは、初めてだ。うわあ、と思わず声が出た。

桟敷とは、まったく景色が違う。舞台は正面にあり、小屋の広がりや人の熱気が、直に感じられる。一瞬、足が止まったが、急いで五百吉を追った。

枡席は、渡された板で、枡の上辺だけが仕切られているが、互いの枡同士のあいだに壁はない。幕間だけに、通り道である板の上は人であふれていて、なかなか前に進まない。苦労して、ようやく一家の枡に辿り着いた。花道とは反対側で、舞台からもかなり遠い。立ちん坊しないとろくに見えないと、五百吉はぼやいていた。

いまはそれどころではなく、父親を見つけるなり、五百吉が叫ぶ。

「父ちゃん！　おつきは？　おつきはどこ？」

血相を変えた息子に弐吉はぽかんとし、おもむろに向きを変える。

「おつきなら、ほら、ここにいるぞ」

父親の膝の上で、まるで猫のように丸くなり、おつきは気持ちよさそうに眠っていた。

安堵のあまり、五百吉が板道の上にしゃがみ込み、鷺之介も同時に膝をつく。

「よかったあ、おつきちゃんが無事で……」

「父ちゃんのとなりにいないから、さらわれたかと思った……」

「無事とかさらわれたとか、いったい何の話だ？」

いぶかしむ父親に、五百吉が自分たちの抱いた危惧(きぐ)を明かす。しかし父親の手応えは、思いのほか呑気(のんき)だった。

「本当に、境内でぶつかった商人なのか？　おまえの思い過ごしじゃねえか？」

「間違いないよ！　だって顎の下に傷があった。ちゃんと見たんだ！」

「顎の下なんて、見えようがねえしな……おれは顔すらほとんど思い出せねえ」

あ、と初めて気がついた。顎の下が見えるのは、背丈の低い子供だけだ。大人の目の高さからは見えないのだ。互いの傘も目隠しになり、弐吉は相手の顔すら覚えていないという。

「仮にその男だとしても、今日、芝居小屋で会ったのはたまたまだろう。何より、向こうに難癖をつけられる謂(いわ)れがどこにある？　ぶつかったのも、参道脇からとび出してきた向こうに非があるし、奴(やっこ)さんの金だか品だかをくすねたわけでもねえ」

「そりゃ、そうだけど……」

「まさか五百吉、おめえが何か悪さをしたってんなら、話は別だが……」

「ひでえや、父ちゃん！　おれ、何もしてねえよ！」

「すまんすまん、冗談だ。おめえがあんまり難しい顔をしているからよ。そう案じるな、商人ひとりくらいなら、父ちゃんが立ち回ってやるからな」

頼もしい大きな笑顔は、五百吉だけでなく、鷺之介をも包み込む。

安堵したのも束の間、とんでもないところから、金切り声が降ってくる。

「お鷺！　そんなところにいたのかい！　しみったれた枡が好みなら、上がってこなくていいからね！」

上桟敷から、お瀬己が傍若無人な声を響かせる。枡席の客を、まとめて愚弄する行いだ。

喧嘩っ早い男たちが、お高くとまってんじゃねえぞ、何様のつもりだと、上桟敷に向かって腕をふり上げたが、お瀬己はどこ吹く風だ。穴があったら入りたい。

「ごめん、うちの馬鹿姉が……お願いだから、気を悪くしないで」

「いや、逆に、わかった気がする……金持ちには金持ちの、苦労があるんだね」

五百吉は大いに同情して、枡席から鷺之介を送り出してくれた。

異変が起きたのは、その後だった。

階段を上がって、鷺之介が上桟敷へすべり込んだとき、ちょうど幕が上がった。

息をぜいぜいさせながら、とりあえず文句をつける。

「ああいうのやめてよね、長姉さん、小屋中から袋叩きにされても知らないよ」

「おまえがのぼせ上がっているから、水を差してやったまでさ」

「何の話？」

「身分違いは、男女でなくとも不幸のもとになる。お鷺もそろそろ、覚えてもいい年頃よ」

お日和にちくりとやられ、ますます不愉快になる。

「五百は、そんな了見の狭い奴じゃない！　本家だの金持ちだので、おれを爪弾きにしたりしない！」

「おれだなんて、職人みたいな物言いはおよしなさいな、似合わないから」

「もういい！　長姉も次姉も、大っ嫌いだ！」

ふくれっ面のまま、三女のとなりにある座布団に座る。お喜路は弟の不機嫌には触れず、代わりにたずねた。

「お鷺、さっきは何を慌てていたの？　上から見えたけれど、あの子とふたりでひどく焦っていたようね」

お喜路は、この手の話が好物だ。少なくとも身を入れてきいてくれよう。

「実はね、この小屋の内に妙な男がいて、五百の妹が心配なんだ」

三女の目が、きらりと光る。明らかに興を引いたようだ。封印切の見せ場までは、まだ間がある。話してみなさいと弟に促した。

「なるほどね、たしかに四、五日のうちに二度も出会うのは、ちょっと怪しいわね」

「でしょ？　ただ、お父さんが言ったとおり、どうして五百の一家につきまとうのか、目当てはさっぱりわからないけど」

「そうね……もしかしたら、芝居と同じ理由かもしれない」

鷺之介には呑み込めず、首をかしげる。

「あの一家が稲荷に参ったのは、いつ時かきいていて？」

「それはきいてないけど……でも、お母さんを乗せた舟は、明け六つの鐘を合図に、汐見橋の袂にある船着場を離れたって。稲荷に行ったのは、すぐ後だよ」

朝日稲荷と汐見橋は、半町も離れていないとお喜路が告げる。稲荷に参拝したのは、日の出時から半時は経っていないはずだ。

「四日前の雨なら、覚えているわ。朝のうちは小雨だったから、出掛けるつもりでいたのよ。なのに五つ頃から雨脚が強くなって、あきらめたの」

朝五つは、子供が手習所に向かう頃だ。五百吉も、見送りから戻って手習所に行ったときいている。

「その商人が、芝居と同じ封印切の罪を犯していたとするなら、一切の辻褄が合うのよ。妹の『ふういんきり』に怯えたのも、一家の前に現れたのも」

「どうしていまさら？　顔を見られたとしても、赤の他人だよ」

「いちばん大事なものを、朝日稲荷でなくしたとしたら？　糸口は、芝居の八右衛門よ」

「八右衛門て……そうか、封印だ！」

　お喜路が満足そうにうなずく。忠兵衛は梅川のために金包みを破る——その包み紙こそが封印だ。敵役の八右衛門は、その紙を拾って役所に走る。万事休すと恋仲のふたりは、心中を心に決める。

　芝居の筋立てを踏まえて、お喜路は推量を語った。

「小雨で石畳みが濡れていたなら、封印を押した表の紙が破れたとしても不思議はないわ。お金は二重包みも多いから、表が破れても中身はこぼれない。だから気づかなかったのね。後になって気がついて、証しを残してしまったと慌てたのよ」

「それをとり返しに、芝居小屋で待ち伏せたってこと？　でも、五百もお父さんも、封印なんて拾ってないよ」

「拾われたと、勘違いしているのね。後ろ暗いことがあると、疑心暗鬼になるものなのよ」

「だとしたら、やっぱり五百たちが危ない。すぐに知らせないと！」

　一階を見下ろして、一家の姿を探す。目当ての枡席に、弐吉の姿と、父親の陰に半分隠れた五百吉を認めた。声を限りに、五百吉の名を何度も呼んだ。

　騒々しい小屋の内で、辛うじて届いたようだ。こちらを見上げた五百吉に、手振りで外に出るよう伝える。わかったと、五百吉がうなずいて、仕切りの板の上にひょいととび乗った。

「ちょっと、行ってくる！」

そのとき初めて気づいた。上の姉たちも、いまの話をきいていたようだ。誰も鷺之介の無作法を止めなかった。

座布団からはねるように立ち、すべり落ちそうになりながら急な階段を下りた。

戸口から外に出たが、五百吉の姿はない。見せ場にかかった芝居小屋の前は、妙に閑散としていて、行き交うのは茶屋の出方や茶汲女(ちゃくみおんな)くらいだ。不安にかられて辺りを見回したとき、

「鷺！」と呼ぶ声がした。

目に飛び込んできたのは、五百吉ではなく、こちらをふり向いたあの男の横顔だった。男の羽織(はおり)が不自然にふくらんでいて、下から細い足が生えている。

「待て！　五百をどこに連れていくつもりだ！　この人さらい！」

追いかけて、男の羽織にしがみつく。覆っていた羽織が剝(は)がれて、五百吉の泣きそうな顔が現れた。手を伸ばしたが、男に手酷(てひど)く突き飛ばされる。道に倒れた鷺之介を、血走った目が上から睨みつける。

「騒ぐな！　こいつと一緒に、始末されたいかい」

男の右手に握られたものに、初めて気がついた。ごく短いが、小刀に違いない。五百吉は外に出たところに刃物で脅(おど)されて、無理やり連れ去られようとしていた。

「こいつの親父に伝えとくれ。餓鬼(がき)を返してほしかったら、この前の場所にあれを持ってこいとね」

「五百もお父さんも、封印なんてもってない！　おまえの勘違いだ！」

「やっぱり……知っているのが、何よりの証しじゃないか！」

どうしよう、どうしたらいい。自分の無力が情けなくて、泣きそうだ。大事な友達を、助けることすらできない。そこに、さっきと同じ声がとんだ。

「お待ち！　その子をどこへ連れていくつもりだい？」

「長姉さん……」

「次から次へと……女子供はすっこんでろ！」

ちっと男が舌打ちする。誰彼かまわず、こちらから諍いを吹っ掛けるような性分だ。お瀬己はいっそう声を張って、啖呵を切った。

「白昼堂々、勾引なんて大それた真似をして、すっこんでろとはきいてあきれる。この飛鷹屋お瀬己に、喧嘩を売ろうってのかい！」

よく通るお瀬己の声は、通り中に響き、往来はもちろん周囲の茶屋からも人が顔を出す。

「頭が悪いにも、ほどがあるわね。たかが端金でこの騒ぎ、悲しくなるわ」

長女のとなりからは、お日和が哀れと蔑みの目を向ける。

「お探しのものは、これかしら？」

男に問うたのは、三女のお喜路だった。紙の切れ端を、手に掲げている。泥で汚れているが、朱の印と、黒々と記された「両」の墨書きがあった。

「それを、どこで……」

「もちろん、朝日稲荷の境内よ。いましがた、人を走らせて探させたの。石燈籠の足に、ちゃんと張りついていたわ。裏を見せていたから、気づかなかったのね」

「そいつを、返せ……こっちによこせ！」

「ええ、構わないわ。こちらにしたら、それこそ紙切れ同然。子供と引き換えに、返してあげるわ。お鷺、これを渡してやりなさい」

うん、と尻をついていた地面から起き上がり、お喜路のもとに走る。

渡してしまっていいのかと目で問うと、三女ではなくお日和がうなずいた。男のもとに行き、紙片を差し出す。奪うように鷺之介の手からもぎ取って、五百吉をつきとばす。男は後ろも見ずに、一目散に走り去った。

「五百、大丈夫？　怪我（けが）はない？」

「鷺……」

五百吉は、腰を抜かしたように茫然（ぼうぜん）としている。その目に涙が盛り上がり、ひしと鷺之介にしがみつく。

「鷺が来てくれて、嬉しかった……助けてくれて、ありがとう、鷺！」

五百吉が泣くものだから、鷺之介も胸がいっぱいになった。

嬉しくても涙が出るのだと、鷺之介は初めて知った。

「えっ！　さっきの封印は、偽物だったの？」

五百吉を父親のもとに届けると、松亀の座敷でからくりをきいた。

「あたりまえじゃないの。朝五つあたりから、降りが強くなったと言ったでしょ。石畳に残った封印なんて、雨で流されたか、たとえ残っていてもきっとボロボロよ」

「そのくらい、子供にだってわかりそうなものだがね」

お喜路の説きように、お瀬己が呆れ顔で応じる。

「額をきいて驚いたわ。くすねた金は、たったの二十両。しかもそれを、ふたりで分けたのでしょ？　十両なんて、端金にもならないわ」

お日和がため息をつく。相変わらず毒の勝った物言いだが、文句は控えておいた。

偽の封印も、また、あらかじめ松亀の出方を道の先に手配して、男を捉えることができたのも、お日和の思案だときかされたからだった。
七、八人の男たちに押さえられ、番所につき出された男は、油問屋の手代だった。
この油問屋は、さる大身の旗本に、たびたび金を用立てていた。いわば賂であったようだ。

手代は旗本家の用人と謀って、二分判二十両の包みひとつを抜いて山分けし、それぞれの証文に手を入れて、主人にはわからぬように何度も不正を働いた。

たとえ誤って落としたにせよ、封印が破れれば責めを負う。破れた封印の包みを着服してその場を凌いだが、数日経つと境内に残した封印が、大きな気掛かりとなった。

もしもあの親子連れが、封印を拾って番屋に届けたとしたら、企みが露見しかねない。

とり返す機会は一度きり、親子が出掛けると耳にした『ふういんきり』の芝居の折だ。

その辺の経緯は、手代を番所に引き渡した松亀を通して、後日知らされた。

「窮鼠猫を嚙むというけれど、鼠はやっぱり鼠ね。愚かな上に、肝が小さいわ」

「あたしはちょっと、わくわくしたわよ、次姉さん。まるで芝居の一幕のようだったもの」

「せっかくの蘭さまの見せ場を、拝めなかったからね。明日もう一度、仕切り直しだね」

てんでに語り合う三姉妹の傍らで、鷺之介だけはすでに別の夢想に浸っていた。

五百吉と、何をして遊ぼうか——。

鷺之介の顔が、幸せそうにほころんだ。

箍（たが）の災難

くるくると小気味よく回るはずの輪が、左右にゆらゆらと揺れて、ぱたりと倒れる。

「うーん、難しいな。どうやったら、うまく回せるのかな」

倒れた輪っかの脇で、腕組みをして考える。背中から、たおやかなお日和の声がした。

「お鷺、おやつよ。早くいらっしゃい。今日は、お鷺の好きな栗羊羹よ」

「いまはいい、後で」

栗羊羹にとびつかない弟を怪訝に思ったのか、お日和が庭に下りてきた。鷺之介の足許には、竹で編まれた箍が転がっていた。

「桶の箍では、にらめっこの相手としては不足ではなくて？」

「にらめっこじゃなく、箍回しだよ。何べんやっても、うまくできなくて」

「箍回しなんて、子供の遊びでしょ。十一にもなって、まだそんなことを……」

「遊びだからこそ、真剣になるんだよ」

「まあ、お鷺も言うようになったわね。とはいえ、まだまだ達者なのは口だけね」

ぐさりとくることを、さらりと放つ。十七の娘とは思えない辛辣さだ。

しかし落ち込んでいる暇はない。三日の内に、何としてもこつを摑まねばならない。桶や樽の箍を立てて、棒や枝で転がすのが箍回しである。たしかに、あたりまえの子供の遊びであり、往来などでもよく見かける。ただ、大店の坊ちゃんである鷺之介には縁がなく、昨日、初めて教わったのだが、未だに満足に回せない。

「どうしてだか真っ直ぐに立たなくて、よろよろしちまうんだ。どうしたらいいか、次姉、わかる？」

「箍を回してどこが面白いのか、それすらわからないわ」

「もういいよ。次姉にきいたおれが馬鹿だった」

「まあ、おれだなんて。ずいぶんと偉そうな口ぶりね。近頃できた、下賤なお仲間のためかしら？」

「そういう言い方、やめてよね！」

はいはい、と、弟の怒りを受け流す。それから、何かに気づいたように立ち上がった。

小僧がひとり、庭の掃除をしていた。

「お根津、来ておくれ」

三月ほど前から奉公に来た、根津松という小僧だった。

奉公人の出替わりは、概ね三月に行われるが、中途雇いもたまにある。根津松もそのたぐいで、小僧に松とつけるのは、もともとは上方の風習ときく。

根津松は箒とちりとりを置き、すたすたと歩いてきて姉弟の前に跪いた。

「ご用でしょうか」

何というか、小僧らしくない。入って間もないうちは、おどおどきょろきょろと落ち着かず、まともな受けこたえすらできぬ者も多い。

しかし根津松は、秋口に入った当初から、身ごなしも言葉遣いも堂に入っていた。

お嬢さまに呼びつけられると、それだけで恐れ入り、肩をすぼめておずおずと近づいてくる手合いが多いのに、礼儀をわきまえながらも物怖じするようすがない。

「お根津、箍回しは知っていて？」

「はい」

「この子に、教えてもらえる？」

「わかりました」

無駄口も利かず、よけいな問いも挟まず、淡々と応じる。

お日和もまた、「頼むわね」と言い置いて、さっさと家の中に入ってしまった。小僧とふたりで残された鷺之介は、内心で途方にくれた。

実を言えば、この小僧が、ちょっとだけ苦手なのだ。

まず、からだが大きい。そして表情がない。よってとりつく島がない。

歳は鷺之介のひとつ上、十二のはずだが、背丈の伸びぐあいが全然違う。およそ頭ひとつぶんほども高く、鷺之介が背伸びをしても目線が合わない。自分よりも大きい者が前に立つと、それだけで威圧される。

知ってか知らずか、根津松は膝をついたまま、鷺之介を下から見上げた。

「道具を、見せてもらえますか？」

「え？　あ、道具ね。この箍と、枝はこれ。もしかして、枝の先の二股がよくないのかな。少し左に寄っている気がして」

二股に分かれた小枝の先で箍を回す。根津松は、ふたつの道具を丹念に検分し、そして言った。

「箍がほんの少し歪んでいますが、このくらいなら障りはないかと」

と、箍を立てて、枝を手にした。二股の枝先を箍に当て、走り出す。箍はまるで命を吹き込まれでもしたように、滑らかに回り出す。

「わっ、わわ！　すごい、すごい！」

根津松は庭の端まで軽やかに輪を運び、驚いたことに、くるりと流れるように向きを変え、鷺之介のもとに戻ってきた。

「お根津、すごいね！　上手だね！」

「こつさえ摑めば、誰でもできます」

枝を当てるのは箍の下、地面から近い場所で、枝の角度も大事だと、根津松はわかりやすく説いてくれた。鷺之介が呑み込むには、ずいぶんと時がかかったが、根津松は辛抱強くつき合う。

おかげでどうにか、真っ直ぐ回せるようになった。ただ、方向を変える技は、容易には習得できない。

「ああ、また倒れちゃった。うまくいかないなあ」

「急に輪の向きを変えず、曲がる方角にからだを倒せば……」

もう少しで摑めそうだったのに、無粋な邪魔が入った。根津松を呼ぶ声がして、別の小僧が庭に顔を出した。根津松より六つ七つ年嵩になる、恒松だった。

「こんなところで油を売っていたのか！　たかが庭掃除に、どれだけ手間暇をかけるつもりだ」

「すみません」

口ではすぐに詫びたが、愛想がないぶん、ちっともすまなそうに見えない。慌てて鷺之介が、割って入った。

「違うんだ、お恒、お根津はおれが引き止めたんだ。箍回しのこつを、教えてくれって。だから、叱らないでおくれよ」

恒松の眉が、忌々しげにしかめられたが、たちまち坊ちゃん向けのにこやかな表情に変じる。

「さようでしたか。坊ちゃんのご用とあらば、仕方ありませんね」

「長く引き止めて、ごめんよ、お根津」

「いえ」

「できれば明日も教えてほしいんだけど、どうかな？」

根津松はこたえる立場にないのか、無言を通す。かわりに恒松がこたえた。

「そもそも坊ちゃんが小僧風情と親しく馴れ合うのは、いかがかと。他の小僧にも、示しがつきませんし……」

「明日と明後日だけでいいんだ。お願い、このとおり」

拝み手をして頼み込むと、ようやく不承不承ながら恒松は許しを与えた。

「じゃあ、明日の八つ半、ここで待ってるね。根津松、必ず来てね」

根津松が、はい、と短くこたえ、年嵩の小僧はさっさと追い立てにかかる。

「さ、坊ちゃんもお戻りください。暗くなってきましたし、風邪なぞひいては一大事ですから」

あと二日で九月が終わり、十月に入れば暦の上では冬になる。

日が陰ってくると、風の冷たさが思い出したように忍び寄り、ぶるりと身震いする。

どうしてだか、ふたりの小僧の後ろ姿は、冬の夕暮れよりも寒々しく見えた。

「箍回し合戦？　また、子供じみたことを」

「いいだろ、子供なんだから」

呆れた声をあげたお瀬己に、口を尖らせる。

「この前、五百の家に遊びに行ったとき、誘ってくれたんだ。三日後の十月一日、近くの空地でやるから来ないかって。男の子ばかり、二十人くらい集まるんだって」

五百吉とは、今月の初めに芝居小屋で会って友達になった。同じ日本橋の内とはいえ、新大坂町にある五百吉の家までは、毎日通うには少々遠い。遊びに行ったのは二度だけだが、貝独楽だのとんぼ釣りだの、面白い遊びを五百吉は教えてくれた。

箍回し合戦の話をきいたときは、夢中になった。

「空地をひとまわりして競う速回しくらべをして、その後に東西に分かれて合戦をするんだ。箍をぶつけ合って、最後まで残っていたら勝ちなんだって」

夕餉を食べながら、鷺之介は熱心に語ったが、三人の姉たちはまったく興味がなさそうだ。長兄がいれば、少しは身を入れてきいてくれたろうが、店が忙しい鵜之介は、共に夕餉の席に着くことは滅多になかった。

「そんなことより、伊勢町に新しい小間物屋ができたのよ。長姉さん、知っていて？」

「いや、初耳だよ、覗いてみたのかい？」

「店開きの当日だったから、人が多くて。もう少し落ち着いたら出掛けてみようかと」

「わざわざ行かなくとも、手代を呼びつければ済む話じゃないか」

膳の向こう側では、長女と三女が、女同士のいつもの話題を始めた。

上座側にお瀬己とお日和が向かい合い、お瀬己のとなりにお喜路、お日和のとなりに鷺之介が座る。

「あ、そうだ。次姉、今日はありがとう」

「何の話？」

「箍回しのこと、根津松に頼んでくれたろ」

「ああ、あれね。お鷺があまりに下手くそだったから、見るに見かねてよ」

「どうせおれは、下手っぴですよ。でも、お根津のおかげで、少しは上達したんだ。明日と明後日も、指南を頼んだんだよ。合戦まであと三日しかないからね」

　ふっくらと焼かれた甘鯛を箸でつつきながら、お日和は言った。

「子供の遊び相手なぞさせられて、あの小僧も気の毒ね」

「お根津だって子供だろ。歳はひとつきりしか違わないんだから」

　鷺之介が抗うと、お日和は初めて弟をふり向いた。箸を膳に置き、手を膝の上にそろえる。

「何もわかっていないのね。おまえと小僧では、歳なぞでは計れない開きがあるのよ」

「身分がどうこうって話？」

「もちろん、それもあるけれど……奉公にきた以上、小僧たちはもう子供ではないの」

「よく、わからない」

「そうね、子供のお鷺には、わかりようがないわね」

　いつもの皮肉と違って、腹の底がもやもやする。まだ茶碗に半分ほどご飯が残っているのに、急にお腹がいっぱいになり、鷺之介も箸を置いた。

「どうしたんだい、ふたりとも。ちっとも食べていないじゃないか」

「たぶん、栗羊羹を食べ過ぎたのね。箸が進まないわ」

「鷺も……ごちそうさま」

　お日和はともかく、さっきまでの威勢はどこへやら。すっかり消沈した弟を、長女と三女が訝しがる。お喜路が、お日和に向かってたずねた。

「ちらときこえたけど、小僧がどうこうって。お松の話をしていたの？」

「ええ、お鷺がお松に、箍回しの指南を頼んだの。それだけの話よ」

あ、とそのとき初めて気づいた。三姉妹は、小僧の名などいちいち覚えていない。小僧を呼ぶときは、下の一字をとって、すべてお松で通している。数が多い上に、続かずに辞める者も多く、しょっちゅう顔ぶれが変わるためだ。小僧はだいたい十年で手代に昇るとされるが、十年続く者は半分にも満たない。辛抱ができず逃げ出す者や、悪さをして追い出される者、眼病や腫物（はれもの）、湿疹（しっしん）など、病が理由となることも多かった。

鷺之介もやはり、小さい頃は姉たちに倣（なら）って、小僧をお松と呼んでいたが、十になる少し前から、できるだけ上の名で呼ぶよう改めた。

小僧に入る歳は、概ね十二歳前後。自分とさほど開きがないことに、気づいたからだ。歳が近いと相手が気になり、自（おの）ずと名も覚える。

中には親しくなった小僧もいたが、皆、一年ほどで辞めていった。

そんなことでしょげるのは鷺之介だけで、三姉妹はもとより顔すら覚えていない。顔のない幽霊が、出たり入ったりしているだけ。姉たちにとって小僧の存在は、その程度のものだろう。

だからこそ、お日和が小僧を上の名で呼んだことが、ひどく不思議に思えたのだ。

お日和はお先に、と座敷を出て、鷺之介も後を追う。廊下の先を行く、姉の背中に問うた。

「次姉は、根津松の名を、覚えていたんだね」

「たまたまよ」

「でも、めずらしいよね。どうして？」

「だから、たまたまよ」

食い下がりたい気持ちもあったが、姉の背中にはねつけられる。おっとりなお日和にしては、ひどく頑(かたく)なな後ろ姿だった。


翌日の八つ刻、根津松は約束どおり庭にやってきた。雨(あま)もよいの曇り空で、風も少し強かったが、修練の成果はあって、昨日にくらべれば、かなり上手に回せるようになった。

根津松への苦手もすっかり剝(は)がれて、合間にあれこれと話しかける。

「合戦を一日にしたのは、手習所が休みになるからって。毎月、一日と十五日、二十五日は、どこの手習所もお休みだって。お根津は知ってた？」

「いえ、おれは手習いは通ってなくて」

「じゃあ、読み書きはどこで覚えたの？　お根津は入り立てなのに、字も算盤(そろばん)も申し分ないって、兄さんが褒(ほ)めてたよ」

「父に、教わりました」

「そうかあ、お根津のお父さんは学があるんだね」

それほどでも、と謙遜(けんそん)したが、口許(くちもと)がかすかにほころんだ。父親を慕う気持ちが、香るように立ち上り、少しうらやましくなった。

根津松は愛想こそないものの、説きようは端的でわかりやすく、また鷺之介がしくじりをくり返しても苛立（いらだ）つ素振りは見せず、辛抱強くつき合ってくれる。

「駄目だあ、また倒れちゃった。方角を転じるのは、やっぱり難しいな」

「もっと広い場所なら、上手（うま）くいくかもしれません」

「広い場所かあ。この辺に空地なんかあったかな」

「往来なら、どうです？」

箍回しはもともと、往来で遊ぶものだ。たしかに道を歩いていると、箍を回す子供の姿をよく見かける。道を走り抜け、辻（つじ）などの開けた場所でなら、緩やかな半円を描いて箍の向きも容易（たやす）く変えられる。

「じゃあ、明日は往来で試してみよ。お根津、明日もよろしくね」

気楽に考えていたが、往来での箍回しは、思った以上に難しかった。

「わわ、わ、これ、どうやって止めるの？」

「止めずに、かわしてください」

「かわすって、どうすれば？」

「人のいない側に、からだを倒すんです」

「えええ、ちょっ、間に合わない！　前の人、避(よ)けてくださあい」

　前を歩いていた女の人に、突っ込みそうになった。すんでのところで、後ろから追いついた根津松が、腕を伸ばして箍を止める。

「よ、よかった。もう少しで、人を轢(ひ)いちまうところだった」

　鼓動が口から飛び出しそうなほど、胸がばくばくする。軽い箍が当たったところで障りはなかろうが、びっくりして転びでもしたら怪我(けが)に繋(つな)がりかねない。

「往来で遊ぶのが、こんなに難しいなんて。やっぱり、まだ無理だったかも」

　あたりまえだが、往来には人がいる。両脇を店が占めているから、道の真ん中を突っ切ることになるが、ほどなく前を誰かに塞(ふさ)がれて、横町(よこちょう)からふいに子供や猫がとび出してくることもある。三丁ほど進んだだけで、へとへとになっていた。

「回すとき、どこを見ています？」

「もちろん箍と、それから棒の先、かな」

「箍も棒も、見ないでください」

「ええっ、それじゃあ、どこを見ろと？」

「先です。箍が走る、その先を見るんです。そうすれば、うまく避けられます」

　言われても、急にできるものではない。どうしても、箍と棒が接した地面へと視線が落ちる。

「坊ちゃん、顔を上げて！」

　根津松の声がとび、弾(はず)みで顎(あご)が上がった。瞬間、視界が一息に広がった。

不思議な感覚だった。胸がどきどきする。

近所の見慣れた往来、右の瀬戸物屋も左の呉服店も目に馴染んでいるはずが、疾走する景色の中では違って見える。そして、人、人、人。こんなにいたのかと、改めて驚かされる。それでもここは、両国広小路とは違う。立錐の余地もないほど、人で埋まっているわけではない。子供が通るには十分の間があいており、その隙間が光ってでもいるようによく見える。自ずとそちら側に、からだが傾いた。

旦那風の男をかわし、女中と思しき娘を追い越し、腰の曲がった年寄りを避けた。

籠は吸いつくように離れることなく、鷺之介の少し前を走り続ける。ほどなく道が交差した辻が見えてきた。

「坊ちゃん、止まらずに！」

声に叱咤され、辻の真ん中で大きくからだを左に倒した。籠は素直に従って、半円を描いて向きを変える。

「できた！　お根津、できたよ！」

声をあげながら、足は止まらない。いま来た道を、逆に走る。今度は左に瀬戸物屋、右に呉服店。景色も人もちゃんと見えているから、少しも怖くない。

前の方から、三人連れの若い侍が歩いてきた。袴をつけず着流し姿だから、着物の色が目立つ。向かって右の男が青、真ん中が鬱金色、左が茶色。

町をぶらついている風情で、道いっぱいに広がっていたが、鷺之介には避ける道が見えている。箍を大きく右にそらせ、三人連れの右を抜けようとした。

と、避けたはずの人影が、ふいに目の前を塞いだ。

わっ、と叫びざま、箍ごと相手に突進していた。青い着物の男がもんどり打って仰向けに倒れ、鷺之介はその腹の上に着地した。おそるおそる顔を上げると、痛そうに歯を食いしばる侍の顔がそこにあった。急いで相手の腹から下りて、鷺之介はただおろおろする。

「ご、ごめんなさい……どうしよう。大丈夫ですか？　どこか痛めて……」

「い、いてえ！　腕が、右腕が！」

侍が、腕を押さえて大げさなまでに喚く。侍のふたりの仲間が、顔色を変えた。

「小僧、やりやがったな！　侍の右腕を折るなんて、剣を握れなくなったら大事だ」

「詫びるくれえでは済まねえぞ。出るとこに出て、きっちりと方をつけてやる」

ふたりにすごまれて、震えが止まらない。よりにもよって武士に怪我をさせるなんて。

自分の短い人生は、ここで終わった――。頭の中が真っ白になった。

「大丈夫です、鷺之介さま」

耳許で低い声がして、ふり向くと根津松がいた。

「お根津……」

「これは、騙りです」

「かた……り……？」

「おい、何をひそひそと相談してやがる。逃げられると思ったら、大間違いだぞ」

鬱金色の男が、ぐいと根津松の肩を摑む。その手を、ぱん、と払いのけ、根津松は立ち上がった。自分より少し上背の勝った相手を、正面から睨みつける。

「おまえたちは、わざとぶつかったんだ」

「何だと?」

「おれは見ていたぞ。青い着物のそいつが、一歩横に踏み出して、避けようとした先を塞いだんだ。腕を痛めたというのも、下手な芝居だ」

「芝居……?」

地面に尻をついたままの男が、たしかに舌打ちした。こうして見ると、意外なほどに若い。おそらくは十代、お日和やお喜路と同じ歳頃と思えた。残るふたりも、やはり大差ない。鬱金色の男が、小僧に向かってがなり立てた。

「いいがかりもたいがいにしろい! 侍に盾突いて、ただで済むと思うなよ!」

常に平静な根津松の横顔に、はっきりと怒りと嫌悪が浮かんだ。

「侍がきいて呆れる。下品な物言い、だらしのない佇まい。どこぞの風来坊と変わらない」

「何だと! もういっぺん言ってみろ!」

「何度でも言ってやる。子供相手に騙りをはたらくなぞ、恥知らずにも程がある。おまえたちのような者が、武士を名乗るな! どうせ目当ては金であろう」

鷺之介は、目をぱちぱちとしばたたいた。外から見れば、侍とお店の小僧のにらみ合いだが、言い争う物言いはまるっきり逆だ。べらんめえ調の若い侍に対し、根津松の口調には威厳すらただよう。

「小僧が！　いい加減、黙りやがれ！」

侍が拳(こぶし)を握り、腕を大きくふり上げる。問答無用で十二の小僧に殴りかかった。

「お根津！」

鷺之介が叫んだとき、信じられないことが起こった。

鬱金色の着物が宙を舞い、侍のからだは背中から地面に落ちた。

見事な一本背負いに、おおっ、と周囲からどよめきがあがる。騒ぎをききつけて、知らぬ間に人垣ができていたようだ。

投げられて仰向けに倒された男は、茫然(ぼうぜん)と空を仰ぎ、茶色の着物の男もぽっかりと口をあける。

「このガキ、恥をかかせやがって。もう許さねえ！」

それまで怪我人を演じていた男が、やおら立ち上がった。両目をぎらつかせ、折れたはずの右手を、刀の柄(つか)にかけた。

「子供相手に、およしなせえ、お侍。これ以上は、恥の上塗(うわぬ)りだ」

誰かの声がとりなそうとしたが、逆上した侍はきく耳をもたない。柄を握りしめ、小僧との間合いをじりじり詰める。それでも根津松は、一歩も引かない。

鷺之介もまた、その場に固まっていた。根津松を助けたいのに、どうしても動けない。

根津松が、斬(き)られちまう——。誰か、助けて——！

恐怖と情けなさに潰されそうになったとき、何とものどかな声が響いた。

「お鷺、お根津、おやつですよ」

「……え？」

声のする方を見遣ると、お日和がいた。刀も侍も見えていないかのように、にっこりと微笑む。

「さ、ふたりとも、帰りましょ。今日のおやつは、羽二重団子よ」

「ふざけるな！　こいつだけは、ただでは帰さねえ！」

侍は、なおも根津松の前に立ちはだかる。先ほど投げられた男も起き上がり、仲間とともに剣呑な顔を向ける。

お日和は動じることなく近づいてきて、おっとりとたずねた。

「お武家さま、もしやうちの小僧が、何か粗相をいたしましたか？　よろしければ、私が承りますが」

三人が素早く目配せを交わし合う。それだけで話がまとまったのか、青い着物の侍が、刀の柄から手を離した。

「この小僧めらが、我らに無礼を働いたのよ。ことに雇人の小僧は、おれたちに喧嘩を売りやがった。この場で切り捨てられても、文句は言えねえ」

「まあ、それは申し訳ございませんでした」

「違うよ、次姉！　お根津は、おれをかばって……」

「お鷺、おだまりなさい」

あくまでにこやかに、お日和は弟の訴えを封じる。三人組はますますつけ上がり、鷺之介が出し抜けにぶつかってきた挙句、謝るどころか逆に根津松が食ってかかってきたと、都合よく脚色しながら、つらつらと申し立てる。

「不届きを訴えてもいいが、おれたちも事を荒立てるつもりはねえ」

「と、言いますと？」

「相応の詫び料で、勘弁してやるってことよ」

「つまりは、金をよこせということですね？」

鬱金色の男が顔をしかめ、低い声で恫喝した。

「おい、娘、物言いには気をつけろ」

「気をつけるも何も、体のいい当たり屋でございましょ？　ならず者ならともかく、仮にもお侍さまが、そんな小銭稼ぎをするなんて」

三人組のにやにや笑いが消えて、たちまち危うい気配に変わる。

「でも、仕方ありませんね。お武家の貧乏は、いまに始まったことではありませんし。うちには幸い有り余っておりますから、よろしければ恵んでさしあげますわ。十両ですか、二十両ですか？　まさか、三両や五両のはした金ではございませんでしょ？」

「黙れ、女！　もう堪忍ならねえ、てめえらまとめて痛めつけてやる！」

青い着物の男がいきり立ち、お日和の胸倉を掴もうとする。しかし伸ばした手は、途中で止まった。背後に立つ大きな男が、後ろから侍の腕を摑んでいた。

「お嬢、こいつらですかい？　侍というから、もっとごつい奴かと思や、薄っぺらい野郎どもで」

「おれたちで、灸を据えておきまさ。その辺で、ぱぱっとのしちまって構いやせんね？」

「いやあ、ここんとこからだが鈍ってやしてねえ。いい憂さ晴らしができそうだ」

筋骨隆々の男たちは、ひとりではなかった。この寒空に、下は褌一丁で、揃いの法被を羽織っている。背には両の翼を広げた鷹の紋。力自慢と腕っぷしを誇る、飛鷹屋の人足たちだった。

七、八人のごつい男たちに背後を固められ、三人組が青ざめる。

「お、おい、侍に無体を働けば、ただでは……」

「ああん？　女子供に手を出そうとしたのは、そっちじゃねえか。それ以上、つまらねえ口を利いたら、骨の一、二本じゃ済まねえぞ」

ばきばきと両手の指を鳴らされて、それまで威勢のよかった侍たちが、塩をふった青菜のようにしんなりする。いずれも十代の若侍だ。体格の良い男たちの前では、まさに子供さながらで、怯えた顔はひどく幼く見えた。

「駄目よ、おまえたち。私はこの方たちに、詫びを入れにきたのですから。さ、その手を放してさしあげて。ああ、そうそう、詫び料を払わなくてはね」

と、お日和は帯の間から、薄い金の包みを出した。

「四両二分とのことでしたが、多少色をつけておきました。これで借りはお返ししました。本当に、こんな些細な額で騒ぎを起こすなんて……次は、ございませんよ」

お日和の脅しは、人足よりもよほど怖かったのか。包みを受けとって、三人組は急いでその場を立ち去った。侍を押さえていた人足が、つまらなそうに見送る。

「なんだ、結局、逃がしちまった。せめて一発くれえ、殴りたかったってのに」

「ご苦労だったわね、おまえたち。一斗樽を運ばせるから、今夜は好きなだけやってちょうだい」

うおーっ、と人足たちが、喜びの雄叫びをあげる。

とたんに膝の力が抜けて、鷺之介はぺたりと地面に尻をついた。

「ご、ごめん……ごめんよ、お根津。おれ、何もできなくて、おまえを危ない目に遭わせて……」

涙があふれて、止めようがなかった。もし、お日和が間に合わなかったら、根津松が斬られていたら——。思うだけで背筋が冷たくなり、情けなさが目からあふれてくる。

「抗ったのはおれです。坊ちゃんは悪くありません」

「でも、でも……」

「お鷺が情けないのは、もとからでしょ。いまさら泣いても仕方がないわ」

「次姉、ひどい！」

むっとした拍子に、涙が引っ込んだ。根津松は神妙な顔で、お日和に頭を下げた。

「申し訳ありません、お嬢さま。おれの短慮で、鷺坊ちゃんを危ない目に……」

お日和は、しばし小僧をながめ、そして言った。

「よくやったわ、お根津。さすがは武家の子ね」

びっくりしたのは、根津松の出自ではない。

お日和が誰かをまともに褒めるのを、鷺之介は初めてきいた。

「次姉、さっきはありがと。次姉がたまたま通りがかってくれなかったら、どうなっていたか」

家に帰ると、鷺之介は殊勝に礼を言った。

「馬鹿ね、たまたまのはずがないでしょ」

「え、どういうこと？　……そういえば、借りとか四両とか、あれも何？」

「あの侍たちから、四両二分を借りていたのは恒松よ」

「恒松って、小僧の？　ますますわからないんだけど」

「仕方ないわね、初手(しょて)から話してあげるわ」

と、お日和は、上品に茶をすすってから弟に仔細(しさい)を説いた。

「おまえとお根津が出ていくのを、恒松がこっそり窺(うかが)っていたの。どうもようすがおかしいから、後をつけてみたら、横町の路地であの三人組とひそひそ話していたのよ」

三人組はほどなく出てきて、鷺之介と根津松を追うように、同じ方角へ向かった。

「それで恒松に、わけをたずねてみたの。そうしたら、あの中のひとりが、うちのお得意さまだと明かしてくれたわ」

正確には、その父親の旗本が、御用の筋で廻船問屋たる飛鷹屋に出入りしているという。

そして、その旗本家にたびたび使いに出されていたのが、恒松だった。

「恒松は、顔見知りになったあの三人に誘われて、博奕に手を出したそうなの。その借金が、四両二分というわけよ」

旗本屋敷で賭場が開かれるのは、よくある話だという。侍や中間に交じって博奕に興じ、最初は勝っていたそうだが、それも釣り餌かもしれない。気づけば借金が四両二分にまで嵩んでいた。

すぐに借金を清算しろ。返さねば飛鷹屋に乗り込むと脅されて、恒松は進退窮まった。

給金すら出ない小僧にとって、四両二分は大金だ。もとより、返す当てなぞないはずだ。

「店から盗んでこいと、あの三人から指図されたそうよ。端からそのつもりで、誘ったのでしょうね」

四両二分という額も、あやしいものだ。賭場そのものが騙りの手管なら、中間たちと息を合わせて、勝ち負けを操ることもできる。

「恒松は気が小さいから、盗みなぞできないと泣きを入れて、代わりにお根津を罠にはめて、うちから金を巻き上げる策を立てたのよ」

「罠って……おれじゃなく、お根津を？」

「入ったばかりなのに、お根津は何でも器用にこなす。それが面白くなくて、焼餅(やきもち)を焼いたようね。まあ、器量のない者に限って、妬み嫉み(ねたみそねみ)は強いものよ」

お日和のことだ。たずねるというより半ば脅して、恒松に仔細を質(ただ)したに違いない。

あらましをきいたお日和は、人足たちに声をかけ、弟を助けに駆けつけたのだ。

すっきりはしたが、もうひとつ、鷺之介には気になることがある。

「あのさ、根津松が武家の出だって、次姉が知っていたのは……」

「たまたまよ」

にっこりと微笑まれ、きいても無駄だと即座にあきらめた。

理由を知ったのは、箍回し合戦も終わり、五日ほどが過ぎた頃だった。

鷺之介にとって、その話は寝耳に水だった。

すぐさま長兄のもとに走り、慌しく訴える。

「鵜之兄さん！　恒松と一緒に、根津松が暇を出されるって本当？　お根津は何も悪くないよ。からだを張って、おれを守ってくれたのに！」

「おいおい、鷺之介、どこからそんな話を……」

「他の小僧たちにきいたんだ。お恒は仕方がないとして、どうしてお根津まで！」

店中の目が、兄の座る帳場に注がれる。鵜之介はため息をつくと、帳場から腰を上げた。弟を連れて奥の座敷に入り、座るよう促す。

「おまえの勘違いだよ、鷺之介。根津松は暇を出されるわけじゃなく、長崎に詰める手代のもとに預けることにしたんだ」

「長崎なんて、そんな遠くへ……やっぱりこの前の、お仕置きってこと？」

そうではないと、鶴之介は首を横にふる。

「仕置きというより、むしろ褒美だ」

「……褒美？」

「長崎には出店はないが、腕のいい手代をふたり置いている。かねてより人を増やしてほしいと頼まれていてね、手代をひとり行かせるのだが、根津松も加えることにしたんだ」

長崎には、唐や南蛮の船が出入りする。飛鷹屋にとっては江戸や大坂と同じほど、大事な商いの場であり、見聞を広めるには何よりの土地だという。

「長崎には、目端の利く者しか出さない。つまりは昇りが早いのだ。根津松が真面目に勤めれば、十年もかかることなく、おそらく七、八年で手代に昇る。むろん根津松も、承知の上だ」

「それじゃあ本当に、厄介払いをするわけじゃないんだね？」

「ああ、もとより根津松は出来物だ。いずれは長崎に送る腹積もりはあったのだがね、早い方が良いと、お日和に言われてね」

「次姉に？」

「人より秀でた者は、周りの妬みを買いやすい。恒松のような不心得者が、また出ないとも限らないって。お日和はそれだけ、根津松を気にかけていたんだよ」

十年が相場とされる小僧の世界も、いわば年功序列が幅を利かせる。年齢ではなく、奉公の年数に因るのだが、目下に頭一つ抜けた者がいれば、当然のように目の敵にされる。

「小僧を江戸から送るのは初めてだ。それだけ私も、根津松を買っているのだよ」

ひとまず安堵の息をついたが、やはりひとつだけ腑に落ちない。

「次姉が、そこまで入れ込むなんて。次姉とお根津は、何か関わりがあるの？」

「うーん、困ったな。お日和には、口止めされていてね」

「ここで寸止めされたら、気になって眠れないよ！」

決して口外しないと、しつこく食い下がり、兄は根負けして教えてくれた。

「お日和には、許嫁がいたんだ。それが根津松……いや、根津郎の兄上でね」

杉尾根津郎――。それが根津松の本名だと、兄は言った。

家は三百五十石の旗本で、親同士が決めた縁談だった。話がまとまったのは、お日和がまだ、鷺之介くらいの歳の頃だ。

しかし根津郎の兄は二年前に亡くなって、縁談も立ち消えになった。

「表向きは病としているが……どうやら自害されたらしい。上役に性根の曲がった者がいて、ずいぶんと苛まれていたそうだ。死ぬ間際には、気鬱の病に憑かれていたときいている」

鷺之介はお日和を連れて、二度ほど杉尾家を訪れた。死んだ根津郎の兄は、弟とはあまり似ておらず、面立ちも気性も優しげだったと、残念そうに語る。

杉尾の跡目は次男が継いだが、末子の根津郎は、長兄を誰よりも慕っていたという。

「大好きな兄上を奪われて、根津松は武家そのものに、嫌気がさしてしまったようだ。自ら商人になりたいと望んでね、私のもとに頼みにきたんだ」

「その気持ち、わかるよ。鷺も鵜之兄さんが、大好きだもの」

三人の侍を前にして、どうしてあれほど感情を露わにしたか、鷺之介にも察せられた。

「ただ、武家も商家も関わりなく、根性のひねくれた者は、どこにでもいるがね」

「次姉は、お根津がお兄さんと同じ目に遭わないかと、案じていたんだね」

お日和の心情が、おぼろげながら見えてきて、何だか泣けそうになった。

出立の日は、兄と一緒に見送りに出た。手代とともに長崎へ向かう根津松に、薬袋をいくつも渡す。

「お根津、これももっていって。お腹の薬と傷薬、あと熱冷ましも」

「鷺之介は、心配性だな。薬なら、手代にもたせたよ」

「だって長い道中だし、大坂からは船にも乗るんだろ。あ、そうだ。梅干しを口に含むと船酔いしないって。三姉からきいたから試してみて」

手代と根津松は、東海道を徒歩で行き、大坂からは瀬戸内を船で渡り、九州に着いたらまた陸路で長崎に向かう。江戸から船を使わないのは、すでに冬に入り外海が荒れやすいとの理由もあるが、東海道や長崎街道で見聞を広める意味もあるという。

「あまり無理をしないで、休みやすみ行くんだよ。向こうに着いたら、便りをおくれね」

「はい、必ず。大丈夫ですよ、坊ちゃん。旅に出るのも長崎に行くのも、私は楽しみでならないんです」

嬉しそうな笑みを浮かべた。根津松のこんな笑顔は、初めて見る。釣られて鷺之介の口許もほころんだが、塀の外にお日和が出てきて、慌てて笑顔を引っ込める。

「お根津、おまえに渡したい物があるの」

小僧の手の上に、何かを載せた。根津松はひどく驚いた顔で、じっと己の掌を見詰めている。鷺之介も覗き込んだ。

「これは……文鎮？　桜模様がきれいだね」

ちょうど子供の手に収まるほどの、丸い銅製の文鎮だった。五枚の花弁を開いた花模様が彫られていて、鷺之介には桜に思えたが、根津松は首を横にふった。

「桜ではなく、五本杉です」

「え、杉なの？　どう見ても桜にしか……」

「花弁に見えるのは、五本の杉の木だよ。五本杉と呼ぶ家紋でね」

鵜之介はそう説いたが、にわかに首をひねる。

「たしか杉尾家の御家紋は、一本杉だったはず……お日和、これは？」

「修五郎さまからいただきました。初めて杉尾の屋敷を、訪れた折に」

「五本杉は、杉尾の替紋です。名に因んで、修五郎兄上が好んで使われていました」

亡き兄の面影を追っているのか、懐かしそうに語る。替紋は、定紋に替えて用いられ、三つ五つと多くの替紋をもつ家もあった。

「桜のようできれいだと口にしたら、修五郎さまがくださいました。でも、お根津、おまえがもっていた方が良いでしょう」

「よろしいのですか？」

「ええ、大事になさい」

五本杉の文鎮を胸に抱き、いかにも有難そうに礼を告げた。

用を済ませると、お日和はさっさと塀の内に戻ったが、鷺之介は兄とともに、日本橋までふたりを見送った。だいぶ小さくなった姿をながめながら、兄が言った。

「お日和が十一の歳の冬に、杉尾のお屋敷に初めて連れていった。修五郎さまは十八でね」

杉尾家の先代は、武士にしては目端が利き、鳶右衛門と馬が合った。息子の修五郎は、父親には似ていなかったが、障りはないと判じたのだろう。鳶右衛門はその年の春、次女との縁談をまとめた。

鶍之介も当時まだ二十歳前だったが、鳶右衛門の名代として、一の番頭とともに妹を連れて屋敷を訪れた。ただ、五本杉の文鎮については、鶍之介も知らなかった。

「ふたりの性が合うかどうか見たかったから、しばしお日和を修五郎さまにお預けした。きっとその折に、いただいたのだろうね」

「兄さんにも黙っていたのが、とっても次姉らしいけど」

そうだな、と苦笑する。だが、と目を細めた。

「あれから六年か……そのあいだ、お日和はあの文鎮を、大事に仕舞っていたのだね」

薄くかかる朝靄にまぎれるように、ふたりの姿が見えなくなった。

「お根津の兄さんを、次姉は好いていたのかな……」

どうだろうね、と兄はさりげなく煙に巻いた。

とりかえばや

「これ、待ちなさい、お喜路！」

長兄の鵜之介の声が、めずらしく慌てている。鷺之介は、座敷から顔を出した。廊下の奥に長兄と三女の姿があり、何やら揉めているようだ。

「そんな怪しい男のもとに、若い娘をひとりで行かせられるものか」

「『両国堂』の手代も一緒なのだから、案じるにはおよばないわ。ましてや兄さんの付き添いなぞいりません」

「せめて、お瀬己やお日和と一緒に……」

「お瀬己姉さんは、実のお母さんのところに出掛けたし、お日和姉さんは踊りのお稽古よ。暇な身と言えば……」

と、目の端に映ったのか、お喜路がこちらをふり向いた。

「そうだわ！　兄さんの名代は、鷺之介に頼みましょう」

「馬鹿を言うな。鷺之介はまだ子供だぞ。私の代わりが務まるはずがなかろう」

「あら、仮にも飛鷹屋の次男なのだから、たまには役に立ってもらわないと。お目付け役くらいなら、お鷺にもできるでしょ？」

「名代って、何の話？」

　鷺之介には、話の趣(おもむ)きがさっぱり呑(の)み込めない。きょとんとした末弟の顔と、これは三姉妹に通じた気質ながら、言い出したら梃子(てこ)でも引かない強情な妹を交互にながめて、鵜之介はため息をついた。

「お喜路が、さる戯作者(げさくしゃ)に弟子入りするというんだ。さっき『小力屋(こりきや)』から使いが来て、私も初めて知ったのだが……」

　町内に一軒は駕籠(かご)屋があり、小力屋は品川町(しながわちょう)の駕籠屋であった。この飛鷹屋はとかく駕籠の出入りが多く、ことに鷺之介の三人の姉たちは、毎日のように駕籠を頼んでは方々へ出掛けていく。買物、遊山(ゆさん)、芝居、習い事と、行先はほぼ決まっているのだが、今日に限って三女から、めずらしい問い合わせが入った。

「八(や)つ半までに浅草今戸町(あさくさいまどちょう)に着きたいから、間に合うように駕籠を仕立ててほしいと、小力屋には頼んでおいたのよ」

「その返しが、いましがた届いた。八つ時に駕籠を寄越(よこ)すとね。今戸町なぞ、縁もゆかりもない土地だ。どこへ行くのかと問い詰めたら、ようやく白状した。まさか戯作者に弟子入りを乞(こ)いに行くなんて……」

　鵜之介は額(ひたい)に手を当てて、途方にくれる。

「でも三姉(さんねえ)は昔から、戯作者になりたいって。鵜之兄さんも知ってるでしょ？」

「もちろん知ってはいたが、あくまで子供の夢の範疇だと……」

「私はもう十五よ。子供ではないわ」

まだ十五だと言いたげな顔で、鵜之介はお喜路を見遣る。

せめて親代わりとして妹についていきたいが、あいにくと今日は、店の大事な用件でからだが空かない。日延べを頼んでもお喜路は承知せず、鵜之介はほとほと困っていた。

「弟子入りといっても内弟子ではないのだから、相手方に住み込むわけではないし。今日だって訪ねる先は先生のお宅ではなく、近所の甘味屋よ。その先生が、たいそうな甘党で」

「甘味屋だと？　店によっては奥の座敷で、男女が逢引をするのだぞ。そんな場所に、十五のおまえを行かせるなぞ、とんでもない！」

鵜之介の心配はふくらむ一方で、対するお喜路も言い出したらきかない性分だ。

「だからお鷺を連れていくのよ。子供の前では、滅多な真似はできないでしょうし」

「鷺之介まで、危ない目に遭ったらどうする！　やはり大人の男に頼まないと……とはいえ、番頭も手代も店があるし、親類もすぐには頼めないし」

鵜之介は頭を抱えている。大好きな兄のために、何かできることはないか。あいにくと商いにおいては、鷺之介は何の手助けもできない。ならばせめて、兄の気苦労の一端でも肩代わりしたい。

「鵜之兄さん、三姉の付き添いは鷺之介が務めます。とはいえ非力な身ですから、いざというとき三姉を守れません。ですから、加勢を頼みます」

「加勢というと?」

鷺之介の思案に、なるほど、と鶴之介がうなずく。

「それは妙案だ。さっそく小力屋に話を通そう」

ヤッサコリャアサ、ヤッサコリャアサ、と二挺の駕籠から軽快な掛け声が響く。

舟を操る船頭にくらべると、駕籠舁は技のたぐいは要さず、駕籠を担ぐ力さえあれば誰でもできるなぞと言われるが、やはり上手い下手はある。

「やっぱり越中駕籠は、乗り心地が違うね。ちっとも揺れないよ」

霜月初旬は冬の中程にあたるが、鷺之介の駕籠のたれは、あえて片側を上げている。鷺之介が声を張ると、掛け声がいっとき止まり、上機嫌な声が返った。

「そう言ってもらえりゃ、あっしらも張りが出るねえ。こうして坊ちゃんを担ぐようになって、何年になるかねえ」

「三年だろ、兄貴。坊ちゃんはまだまだ軽いなあ。もっと飯をたんと食わねえと」

先棒は兄の越次郎、後棒は弟の中五郎。兄弟の名をとって、越中駕籠と呼ばれている。息の合った担ぎぶりに加えて、そろって気の好い兄弟だ。鷺之介は八歳のときからひとりで駕籠を使うようになったが、初めて乗ったのがこの兄弟が担ぐ越中駕籠だった。

『そんなにしゃちこばらなくとも、大丈夫だよ、坊ちゃん』

『あっしらにとっちゃ、江戸の内は庭みてえなもんだ。ひとっ飛びで着いちまうよ』
大店に生まれると、誰も彼もが親切にしてくれる。それでも物心がつく頃からずっと、大人たちの笑顔に囲まれてきただけに、自ずと見分けがつくようになった。それが鷺之介自身に向けられたものか、飛鷹屋の暖簾あっての作り笑いか。

「飛鷹屋は小力屋にとって、いちばんの上得意なのよ。おまけに心付けもしみったれていない。駕籠舁が気を遣うのは、あたりまえじゃないの」

お喜路などに言わせると、どの駕籠舁も大差はないそうだが、越中駕籠の兄弟は、言葉遣いも案外ぞんざいで、揉み手をしながら近づいてくるような嫌らしさがない。

「用心棒もお願いね、越中さん」

「任しといておくんなせえ。しかし、そんなに危ねえ輩なのかい？」

「いや、そういうわけでは……竹林丙歳って知ってる？」

「そりゃあ、もちろん。いまをときめく、売れっ子の戯作者だろ？」

「おれたちは読み物など、とんと縁がねえがね。『源平江戸奇談』や『平家霊騒動』なら、評判だけは知ってるさ」

源平合戦に登場する武将たちが、現世の江戸によみがえり、戦と混乱を巻き起こす。竹林丙歳の十八番であり、軍記物、奇談物としてたいそうな人気を得ていた。

「坊ちゃんも、丙歳贔屓なのかい？」

「違うよ！　……だってあれは、大人の読み物だし」

急いで言い訳したが、戦にも興味はないし、何より奇談がいただけない。お化けやら幽霊やらは、とにかく苦手でならないのだが、もちろん男子たるもの、怖いなぞとは口にできない。

「お喜路嬢ちゃんが、これから会うお人ってのは、その丙歳先生なのかい？」

「ううん、そのお弟子さんだって。梅木一刻歳って名で、すでに独り立ちした戯作者だそうだよ。三姉はその人に、弟子入りを頼みにいくんだ」

浅草今戸町は、浅草寺から北東の方角の隅田川沿いにあり、今戸焼で有名な町である。今戸町からとなりの橋場町にかけて、焼物の窯元が四、五十軒はあり、特に素焼きの壺や皿、人形などが多かった。本来は今戸焼といえば素焼きをさすが、昨今は釉薬をかけた楽焼風の器も多いという。

「へぇえ、お喜路嬢ちゃんは、戯作者になるつもりなのかい。女だてらにてえしたもんだ」

「女の戯作者なんて、きいたことがないけどね」

「三の嬢ちゃんは賢いからな。女戯作者たあ、乙な話じゃねえか」

越中兄弟はいたって呑気だが、姉の本気を知っているだけに、弟の身としては心配が先に立つ。なにせお喜路ときたら、嫁入りではなく弟子入り先を見繕っている始末だ。そして今年の春、遂に白羽の矢を立てた。それが竹林丙歳である。

しかし肝心の、丙歳先生の居所がわからない。丙歳の戯作を数多く出している版元なら承知しているはずだが、当の丙歳から固く口止めされているようで、お喜路がどんなに頼んでも明かそうとはしなかった。

丙歳はもとより気難しい人柄で、弟子はいずれも長続きしなかった。三年ほど前からは入門すら断るようになったと、版元たる『両国堂』の主人から告げられた。

『丙歳先生とのお約束ですので、こればかりはご勘弁を。破ればうちとのつき合いを切るとまで、達されておりまして』

主人は頑として拒み通したが、肩を落として退散するお喜路が、よほど哀れに思えたのか、あるいは金の力に屈したのか仔細はわからないが、帰りがけに、両国堂の手代のひとりが耳寄りな話をくれた。最近、売り出し中の若い戯作者の名を挙げ——それが丙歳の元門人たる、梅木一刻歳である。

『そろそろ弟子が欲しいと仰っていましたし、作風も丙歳先生に似ています。一刻歳先生なら、仲立ちさせていただきますよ』

その一言で、お喜路は一刻歳への弟子入りを決めて、今日に至ったというわけだ。

駕籠はやがて、今戸町にある『ささや』という甘味屋に到着した。

「ああ、根吉つぁんからきいております。どうぞ奥へお通りくださいましな」

店先で一刻歳の名を出すと、茶汲娘はすぐに合点した。根吉というのが、一刻歳の本名だという。座敷に通されるなり、お喜路は娘にたずねた。

「一刻歳先生は、よくこちらに？」

「ええ、ほとんど毎日のように。根吉つぁんは、下戸で甘党なので。だいたいいま時分、八つ半頃にお見えになります」

「では、お茶と、一刻歳先生のお好みの甘味を」

「お好みと言っても、甘いものなら何でもお好きで。でも寒いいま時分なら、やはりお汁粉でしょうか。大福か団子か饅頭も添えるのが常で」

「それなら、いま並べた甘味をすべて、お願いね」
十七、八と思しき茶汲娘が、ちょっと目を見張る。自分より下に見える娘が、臆せず太っ腹な注文をするのが、めずらしいのかもしれない。
茶汲娘が出ていくと、鷺之介がこそりと告げる。

「先生が来てから、注文するものじゃない？　女子供が出しゃばると、嫌われるよ」

「あんたは子供のくせに、気を遣い過ぎなのよ」

「三姉は弟子入りを乞う身なんだから、最初だけでも大人しくした方がいいよ」

「一刻歳に弟子入りするつもりなぞ、端からないわ」

「えっ、どういうこと？」

仰天する鷺之介に、お喜路はすましてこたえた。

「あたしが教えを乞いたいのは、丙歳先生ただおひとり。でも、お住まいすらわからなくては、入門の乞いようもないでしょ？　いくら積んでも、両国堂の主人は口を割らないし。仕方なく一刻歳にたずねることにしたの。若い戯作者なら、貧乏に違いないもの」

「三姉、そういう品のない物言いはやめようよ……」

「甘いわね、お鷺。戯作者はね、筆一本で食べていけるような生業じゃないのよ」

戯作者がいかに食えないか、お喜路が力説する。人気作者ですら、副業をもつのはあたりまえ。というのも、版元から支払われる稿料が、定まってはいないからだ。

「昨今ようやく一枚につきいくらと、いわば潤筆料が生じるようになったけれど、恩恵に与れるのはほんの一握り。江戸で十人もいないでしょうね」

誰でも名を知っている高名な物書きでなければ、潤筆料と称する原稿料はもらえない。当人は一世一代の名作のつもりで書き上げても、酒肴料なぞの名目で、版元からは雀の涙ほどの謝礼しか支払われず、生活は自ずと副業に頼らざるを得ない。

「版元にとって儲けになる戯作者しか、潤筆料は得られない。つまりはね、あたしのような大店のお嬢さまこそ、戯作者向きというわけよ」

「何だかものすごおく、世知辛い話だね……」

この世のすべては金だと、きかされるたびに鷺之介はげんなりする。そんなことはない、もっと大事なことがあるはずだと声を大にして言いたいが、あいにくと齢十一では姉たちを言い負かすだけの裏打ちに欠ける。

「現に一刻歳も、提灯屋の仕事を手伝っているそうよ。戯作は駆け出しだから、たいして稼げない。そちらが本業のようなものね」

いかにもお喜路らしい周到さで、両国堂の手代から仔細を仕入れていた。

「もうひとつ、一刻歳に白羽の矢を立てたのには、理由があってね……」

その折に、茶と甘味が運ばれてきた。汁粉の椀が三つに、大福に団子に饅頭。ずらりと並ぶと、かなり壮観だ。茶汲娘が出ていくと、お喜路は迷わず、汁粉の椀の蓋をあけた。甘い香りの湯気が、ふわりと立ち上る。

「え、先生が来るまで待たないの？」

「待っていたら、冷めちまうでしょ。待たせる向こうが悪いのよ」

その言い草はどうかと思うが、甘さをともなう湯気に抗えず、鷺之介も姉に倣う。

「やっぱり下町の甘味屋ね。ただ甘いだけで、小豆の風味が足りないわ」

「だから、そういうこと言わない。……まあ、たしかにすんごい甘いけど」

それでも熱々の甘い汁は、気持ちよく喉を通り、腹がほっこりと温かくなる。

「で、さっきの続きだけど、もうひとつの理由ってなに？」

「ああ、それはね、一刻歳の実の兄さんが、丙歳先生の娘婿なのよ」

「娘婿……お兄さんが？」

「ええ、元は両国堂の手代でね、先生に気に入られて婿に入ったの。いまでは先生の片腕として、お清書なぞを手伝っているそうよ」

一刻歳が数年前に入門したのも、いわば兄の伝手であったが、大方の弟子と同様、わずか半年ほどでやめてしまった。破門されたのか嫌気がさしたのか、あるいは両方かもしれない。

「実の兄弟なら、住まいを知らないはずがないでしょ？　婿である兄さんの居所を突き止めれば、丙蔵先生に行き着くというわけよ。そのために、ちゃんと用意をしてきたから、抜かりはないわ」

懐（ふところ）に手を入れて、紙の包みをちらと覗（のぞ）かせる。五両か十両か、厚みはわからないが、中身は即座に察せられる。結局は金頼みかと、力が抜けた。

「それにしても、遅いわね。いつまで待たせるつもりかしら」

「もしかしたら、忘れてるんじゃない？」

汁粉を食べ終わっても、一刻蔵は姿を見せない。お喜路が声をかけると、さっきの茶汲娘が顔を出した。

「おかしいですね……いつもならこの時分には必ずおいでになるのに」

と、娘もまた不審を浮かべ、首を傾（かし）げる。

「別の用向きができたとしても、一言伝えにきてもよさそうなものなのに」

「一刻蔵先生のお住まいは、ご近所ですか？」

「はい、この先の辻（つじ）を曲がると、『井達屋（いだてや）』という提灯屋があります。そちらに間借りしているとききました」

一刻蔵は井達屋で、提灯に字を書く仕事をしていると、娘はつけ加えた。

「ここの人に頼んで、迎えにいってもらおうか？」

「いいえ、戯作者の住まいなぞ初めてだもの。己（おのれ）の目で、見てみたいわ」

この三番目の姉はいつだって、用心より興味が勝（まさ）る。

鷺之介の案をあっさりと退けて、お喜路は身軽に立ち上がった。

ささやの茶汲娘が言ったとおりの道を辿り、井達屋にはほどなく行き着いた。

井達屋は小ぶりな構えながら、提灯を作って商う店だった。親方ひとりに職人がふたり。身なりのいい娘と子供が、後ろに駕籠舁を従えている。妙な取り合わせに見えたのか、怪訝な顔をされたが、

「ああ、根吉かい？　それなら、裏へまわってくんな」

一刻歳の名を出すと、親方は竹籖を器用に曲げながらこたえた。

「昼まではここで仕事して、昼過ぎから書き物ってのがあいつの常でね。八つ半になると、馴染みの甘味屋に出掛けるが」

「そのささやさんで待っていたのですが、お出でにならなくて」

「そりゃ妙だな。よほど書き物に気を入れているのかね。滅多にねえが、たまあにはあるんだ。裏の小屋を、覗いてみちゃくれねえか。裏といっても、入口は別でね」

もとは竹籖やら紙やら提灯の材料置場にしていたが、先代の頃に土地の貸主の都合で、裏へと続く道が塞がれてしまった。いまは家の納戸に材を仕舞い、小屋はがらくた置き場と化しているが、もともと湿気を嫌って床を張ってあるから住めないことはない。

一刻歳はその片隅に机を置いて、小屋で寝起きしているという。

「ちょいと道筋がややこしくて……おい、まさ、裏へ行って呼んできてやんな」

提灯に紙を張っていた若い見習いが、へい、と応じて店を出ていく。

勧められるまま姉弟は框に腰を下ろし、越中兄弟は外から提灯張りをながめている。

「一刻歳先生は、いつ頃からこちらに？」

呼び捨てにしていたことなど、おくびにも出さず、お喜路がたずねた。

「たしか、あいつが十三の頃だから……かれこれ十五、六年前になるかね」

「提灯職人として、親方のもとで修業したということですか？」

「ああ、十年みっちり仕込んで、一人前にしてやった。根吉は籤のあつかいが下手くそで苦労したが、筆だけは達者でね。字でも紋でも器用に書く。なのにお礼奉公も済まないうちに、戯作なんぞにのめり込みやがって」

ちっと忌々しそうに舌打ちしたが、横顔は少し寂しそうだった。

「なまじ兄貴が本屋の手代で、大先生の家に婿入りしちまったためだろうな。あいつもとかく、読み物が好きでねえ」

「そのお気持ちばかりは、よくわかります」と、お喜路が深くうなずいた。

「大先生に弟子入りすると吠えて出ていったくせに、たった半年で帰ってきた。そのくせ戯作者になる夢は捨てられねえと抜かしやがる。まったく、あつかいに困る野郎だよ」

竹籤を提灯の型に巻きつけながら、やれやれとため息をつく。親方は字のとおり、弟子にとっては親同然というが、まさに出来の悪い息子を愚痴る父親そのものだ。

「根吉には兄貴はいるが、ふた親はすでに亡くしていてな。放り出すわけにも、いかねえじゃねえか」

しみじみとした口ぶりで呟く。親方の親心が伝わるようで、鷺之介はつい、その横顔に見入った。

まさと呼ばれた職人が、息せき切って戻ってきたのはその折だった。

「てえへんだ、親方！　兄さんが、根吉の兄さんが……死んでる！」

「何だと！　馬鹿を抜かすんじゃねえ！　あいつは昼まで、ぴんぴんしていたじゃねえか」

「で、でも……小屋ん中で倒れていて……頭に血が！」

真っ青な顔と上ずった声で、職人が告げる。すぐさま親方が腰を上げ、店を出る。職人たちがその後を追い、ためらうことなくお喜路も続く。

「三姉、やめなよ！　死んだ人なんて、見るもんじゃないよ」

「死人を拝めるなんて、滅多にないのよ。しかも頭を割られた死骸なんて、そうそうあるもんじゃないわ！」

振袖を翻しながら、お喜路が猛然と駆けていく。その姿は、猪を思わせるほど凄まじい。

物書きと、それを目指す者の業だと、お喜路は言っていた。生も死も、幸も不幸も、すべては物書きにとっては肥やしである。その凄まじさを、初めて目の当たりにしたようだった。親方は弟子を心配してとんでいったが、お喜路が動いたのは、単に興味のためだ。

情より前に、興が先立つ。それがとても、怖かった。

「鷺坊ちゃんは、あっしとここにおりますかい？」

越次郎に声をかけられて、我に返った。中五郎の姿はなく、お喜路の後を追ったのだろう。こんなときでも兄弟は、用心棒の役目を果たそうとしてくれる。目尻にたまった涙を手の甲で拭(ぬぐ)い、越次郎の手を握った。

「鷺も、行く。一緒に、来てくれる？」

越次郎は、にっこり笑って、小さな手を握り返した。


一刻歳が住まう小屋に着くまでは、ずいぶんと回り道をした。

井達屋から三軒先に路地があり、曲がった路地の中程に、さらに細い小道があって、そこを抜けると井達屋の裏手に達する。つまりは提灯屋のとなりの三軒を、ぐるりと迂回(うかい)せねばならぬのだ。親方が、ややこしいと言ったのもうなずける。

越次郎に連れられて、小屋の前に達したとき、中から大きなどよめきが上がった。

「死んでねえ、生きてるぞ！　おいっ、根吉、しっかりしろ！」

「うおお、目ぇあけたぞ！　まさときたら、早合点しやがって」

「兄さん……よかった、よかったよぉぉ！」

一刻歳は、死んでいなかった。安堵(あんど)のあまり、膝(ひざ)から崩れそうになった。

それからは、怪我人(けがにん)を母屋(おもや)に移して床を取らせるやら、医者を呼びに行くやらで、大わらわとなった。越中兄弟も、助っ人にまわる。

根吉が担ぎ出され、小屋の前に人気（ひとけ）がなくなると、鷺之介は姉に言った。

「死人じゃなくて、残念だった？」

精一杯の嫌味であったが、お喜路は弟をふり返り、ふっ、と笑った。

「いいえ、あたしが何より知りたかった、いちばん大事なこたえを見つけたわ」

「こたえ？　って、何？」

「これよ」

姉が見せたのは、小さな紙片だった。左下は直角なのに、右上は不規則に波打っている。一枚の紙の左下を、千切ったものだろうか。一度くしゃくしゃにして広げたように、細かな折りじわがついていて、文字が二行書かれている。きれいな手蹟（て）だが、どうも意味をなさず、鷺之介には読めない字もある。

「何て書いてあるの？」

「『静緒（しずお）は料（はか）らずも』『なく思ふにやあらん』……戯作の草稿の一節だと思うわ」

「ここで根吉さんが書いていた、戯作ってこと？」

「いいえ、これは竹林丙歳が今年の初めに出した、『とりかえばや静久緒（しずのひさのお）』の下書きに違いないわ。『とりかえばや物語』は知っていて？」

「どこかできいたような……でも、詳しくは知らないや」

『とりかえばや物語』は、作者不詳、平安の頃の作とされる。貴族に男女の子が生まれたが、姿や中身が互いに性を違えたようであったため、男は女、女は男として育てられる。しかし大人になるにつれて障りが生じ、本性に戻るという筋書きだと、お喜路がかいつまんで説いてくれた。

「面白そうな話だね。男女の気性が逆って、飛鷹屋に似てるかも。兄さんや鷺よりも、姉さんたちの方が逞しいもの」

「それは嫌味のつもり？　まあ、性が違ったらと、私も思わないでもないけれどね」

「え、三姉は、男に生まれたかったの？」

「むさくるしい男なぞご免被るわ。ただ、男だったら戯作者の道も、もっと拓けていたかもしれないから」

賢いが故に、いつも人を食ったようなところがあるが、その横顔は思いがけず神妙だった。たしかに女の戯作者など、きいたためしがない。それでもお喜路は、あえて道なき道を進もうというのか。

「私の話はいいわ。肝心なのは、丙歳先生の静久緒よ。平たく言えば、江戸を舞台にしたとりかえばやでね。静久と静緒という、武家に生まれた男女の双子が、性を違えて活躍するの。最初はね、女の静緒が仕官して、男の静久が他家に嫁ぐの」

「どうやって、男が嫁に行くんだよ？」

「あら、相手の殿方も静久を深く慕っているから障りはないのよ。でもそのうち、何かと悶着が生じて、今度はそろって武家を捨て、町人暮らしをはじめるの。舞台も商家や芝居小屋、色街とさまざまなのだけれど、場所が変わろうと、同じ壁が立ちはだかってくる」

「壁って、何？」

「ひと言でいえば、生きづらさね。男も女も、互いに性に雁字搦めにされている。男らしくしろとか、女のくせにとか、よく大人たちから言われるでしょ？」

それが呪縛となって、長じるにつれ己の身を締めつける。気づかぬうちに、それがあたりまえとなることが、生きる道を自ずと狭めると、お喜路は一説打った。

「竹林丙歳のこれまでの軍記物にはまったく関心がなかったのだけど、静久緒だけは別格よ。男と女、それぞれに不自由があって、偏って凝り固まっている。それをとり払う術は必ずあって、いつかそんな平らかな世になると、望みがわいてくるの」

丙歳が得意とする奇談物を踏襲しながらも、男の戦いたる軍記物から、世の不条理を問う主題に転じた。その新鮮味も相まって、いっそうの評判をとっており、ことに女性たちからは熱烈に支持されているという。かくいうお喜路も、そんな贔屓のひとりだった。

「女の身は融通が利かないと嘆いていたけれど、それを押しつける男もまた、世の観念に縛られている。静久緒が気づかせてくれて、目の前が広がったように思えたわ。あたしの師匠は丙歳先生しかいないと、心に決めたのよ」

胸の前で、両手を握りしめる。ありがちな夢見る乙女の姿だが、ここで終わらないのがお喜路である。

「ただね、読み進むごとに妙にも思えたの。文の体は、たしかに竹林丙歳なのよ。なのに肝心の論というか、戯作の根っこに流れるものがこれまでとは違う。あたしはそこに惹かれたのだけど、腑に落ちないものも感じたわ」

　舞台や人物、作風をいかに転じようと、行間に見え隠れする作者の本心ばかりは変えようがない。

「もしかしたら、静久緒だけは、別人が書いているのじゃないかって……あたしはそれを、確かめたかったの」

「別人て……まさか、梅木一刻歳？」

「その思案もあったけど外れたわ。ほら、手蹟がまったく違うでしょ？」

　お喜路は机の上にあったという、一刻歳の草稿を見せる。たしかに筆跡がまるで違う。

「それなら、誰が？」

「まだわからないけど……一刻歳を襲った誰かと、重なるかもしれない。この紙切れは、一刻歳が握っていたの」

　怪我人が目を覚まし、運び出される折に、強く握っていた右手が弛んで紙片が落ちた。お喜路はそれを拾い上げたという。

「破れているのは、無理に奪ったから。草稿は咎人がもち去ったけれど、端だけが辛うじて手の中に残った。そう考えれば、辻褄が合うでしょ」

　一刻歳に問えば、咎人はすぐに割り出せる。そう踏んでいたが、思惑ははずれた。

「覚えていないのですか？　何も？」

「そうなんだ、殴られる前のことが、すっぽりと抜けていてな」

一刻歳は医者の手当てを受けて、奥で休んでいる。今日のところは見舞いは勘弁してほしいと、代わりに親方がお喜路の疑問にこたえた。

「医者の診立てじゃ、幸いにも傷は浅い。痛むより他は、障りはねえそうだ」

親方の顔に安堵が広がる。弟子の無事が何よりなのだろうが、だからこそ憤りも大きい。

「それにしても、ひでえことしやがる。いったい、どこのどいつがやりやがったのか」

「咎人に、心当たりは？」

「根吉には、まったくないそうだ。むろん、おれたちにもさっぱりで」

「まったくない……そうですか」と、お喜路は訝しげに眉をひそめる。

「傷が癒えれば、根吉も何か思い出すかもしれねえ。咎人探しは、それからだな」

さようですね、と相槌を打ち、ついでといった風情でお喜路が口にする。

「お身内には、知らせたのですか？　たしか一刻歳先生には、お兄さまがいらっしゃると伺いましたが」

「ああ、これから若いのを走らせるよ」

「では、丙歳先生のお宅を、ご存じなのですか？」

「いや、川向こうの徳音寺って寺でね。寺から先生のお宅に、知らせが入るそうだ」

どうしてそのような、まどろっこしい真似をするのか。お喜路の怪訝を察したように、親方が続ける。

「丙歳人気は高まる一方だからな。贔屓が家まで押しかけてきて、煩わしいんだとよ。家を引っ越して、世間からは雲隠れしちまった。たしか二年くれえ前だったか」

「二年前、ですか……」

「元弟子で娘婿の弟だってのに、根吉にすら家は明かさねえ。物書きってのはやっぱり、変わり者が多いのかね」

冬の日暮れは早く、部屋の内にはすでに灯が入っていた。

お喜路は親方に礼を告げて、弟に帰り仕度を促したが、そこに意外な人物が現れた。

「遅い時分にすみません。たまたま近くまで来たもので、弟と晩飯でもと」

「祐吉じゃねえか！　いやあ、よく来てくれた。やっぱり兄弟ってのは、離れていても通じるもんがあるのかね。根吉が大変なことに……」

すっと祐吉の顔が青ざめる。こくりと喉仏が上下して、唇から漏れた声は、かすかに震えていた。

「根吉は……無事なのですか？」

「ああ、傷はたいしたこたねえ。奥にいるから、顔を見せてやってくれ」

大きな大きな安堵の息を、祐吉は吐いた。目にはうっすらと、涙を浮かべている。

「そうか、生きていたか……よかった、本当によかった」

親方と祐吉が弟のもとにいくと、鷺之介は首を傾げた。

「何だろう……何かしっくりこない」

「間が良過ぎるわね。親方とのやりとりも、どこかずれているし」

身内に災難があったと知れば、まず最初に、何があったのかときくものだ。しかし祐吉は、そこをとばして、いの一番に弟の具合を確かめた。

「この寒空に、兄さんの額にはうっすらと汗が浮いていたわ。きっとあらかじめ弟の身の禍を知っていて、急いで駆けつけてきたんだわ」

「知っていたって、まさか……お兄さんが殴ったってこと？」

「どうかしら……弟の身を案じていたことに、嘘はなさそうだし」

白い手で顎を支えるようにして、お喜路はじっと考えにふける。

「ちょっと外に出て、頭を冷やすわ。小力屋の者たちも、まだ戻っていないようだし」

これから日本橋まで、戻らねばならない。駕籠舁たちは近くの飯屋で、腹ごしらえをしていた。井達屋は店から出入りする造りで、すでに戸が立てられていたが、潜戸から外に出た。

日没から間もない時分だが、表通りから外れているだけに、人気はほとんどない。

井達屋の向かいの店も閉まっていたが、その前にひっそりと佇む影がある。

顔までは見えないが、どうやら女性のようだ。お喜路はじっと視線を注ぐ。まるで引きつけられるように、ふらふらと歩み寄る。

「ずっと……ずっとお会いしたかった……竹林内蔵先生でございますね？」

えっ？　と鷺之介は驚きを声にする。相手の女は、にわかにたじろいだ。

「何か勘違いをしているようですが……もとより女の戯作者なぞいるはずが」

「いいえ、静久緒を書いたのは女です。女でなければ書けません！　だからこそ強く惹かれ、心に響いた……あの物語を堪能できて、どんなに幸せだったか！」

　まるで恋に浮かされたように、熱心に気持ちを吐露する。お喜路のこんな姿は初めてだ。

「それだけではありません。先生は私に一筋の道を示してくださった。女でも物が書ける、戯作者への道は閉ざされてはいないと鼓舞してくださいました。私にとってそれがどんなに有難かったか、とても言葉では尽くせません」

　観念したように、女はほうっと長いため息をついた。

「これほど心を傾けてくれた読み手に、これ以上、嘘はつけませんね」

「では……」

「私は、竹林丙歳の妻、雁（かり）と申します」

　とりかえばやの物語を書いたのは、丙歳と長年苦楽を共にしたつれ合いだった。


「まずこれを、お返しいたします」

　井達屋からほど近い、料理屋の二階座敷に落ち着くと、姉は懐から出したものをさし出した。

　お雁の目が、はっと見開かれる。

　ここからは遠くて判じられなかったが、鷺之介にも察しがついた。お喜路が拾った、草稿の切れ端に相違ない。鷺之介は膳をあてがわれ、となりの部屋に追い払われた。子供あつかいには大いに不満だが、障子の一枚が開けられて、中のようすが窺えるから文句は控えておいた。

「先生は、梅木一刻歳に脅されていたのでは？　奪われた下書きを取り戻そうとして、あのような始末になった……違いますか？」

「先生はご勘弁を。ですが、仔細は仰るとおりです」

一刻歳を殴ったのは女だと、お喜路は見当をつけていた。頭の傷が浅いことから、力のない者の仕業だと知れて、また残された紙片に書かれていたのは、明らかに女文字だった。

「脅しの種は、竹林丙歳が入れ替わっていたこと。つまりは物語の裏で、もうひとつのとりかえばやがあったのですね？」

お雁はうなずいて、初手から語りはじめた。

「三年ほど前になりましょうか、夫が書けなくなりまして……」

特に思い当たる理由はなく、強いて言えば六十を過ぎて、気力が落ちてきたためかもしれないと、お雁は述懐した。

「これまで三十年以上、ひたすらに書き続けておりましたから。ぱったりと倒れてしまったのかもしれません。半年ほどは悶々としておりましたが、ある日ふいに、旅に出ると言って……」

「出奔されたのですか！」

はい、とお雁がうなずく。以来、たまに便りは届くものの、未だに江戸には戻っていないという。残された一家は、まもなく窮地に陥った。

丙蔵とお雁のひとり娘、つまりは祐吉の妻が、病を得て床についたのだ。

「医者や薬が入り用になって、売れるものはすべて売り払いましたがまるで足りません。両国堂の主人に仔細を明かして、娘婿をもう一度、通いの手代として雇ってもらえまいかと相談しました」

　手代に戻してもたいした稼ぎにならず、薬代にはとても足りない。しかし主人はその代わりに、この家に金の生る木があるともちかけた。

「私が手慰みに書いた、静久緒の草稿です。ぜひ丙蔵の新作として、両国堂から出したいと乞われまして」

　最初は物怖じが先に立ったが、娘の身には代えられない。お雁は承知して、それからというもの、慣れぬ戯作を必死で書き綴った。この秘密を知っているのは、身内の三人と、両国堂の主人のみ。もとより祐吉が、丙蔵の草稿の清書をしていたために、挿絵の画師や版木彫の職人にも、作者が替わったとは気づかれなかった。

　出版までにはいくつもの手順を踏まねばならず、書き始めてから一年以上が過ぎて、今年の初めにようやく、『とりかえばや静久緒』は世に出され、大評判となった。

「潤筆料を前金でいただいたおかげで、娘ももち直して床上げに至りました。私もだんだんと慣れてきて、甲斐にもなって参りました。両国堂へのお礼のつもりもあって、この先も書き続けていく心積もりでおりましたが……」

「一刻蔵に内情を知られて、脅されたのですね？」

はい、とお雁は、眉間（みけん）のあたりをきつく寄せてうつむいた。

丙歳の不在と、作者が替わったことは、何としても隠し通さねばならない。引っ越しをしたのも、お雁の兄が僧侶として務めている徳音寺を介したのも、すべては用心のためだった。しかし新たな住まいを、娘婿の弟である一刻歳にかぎつけられて、証拠の品としてお雁の筆による下書きを奪われた。

「一刻歳が求めたのは、口止め料ですか？」

「いいえ、竹林丙歳二世の肩書です」

実の書き手がお雁とはいいえ、初代が生きているのに二世を名乗るなど、きいたためしがない。それでも一刻歳は、本気だった。

潤筆料が生じる名の売れた戯作者は、ほんの数人だとお喜路は言った。よほどの才がなければ、新人の戯作など売れるはずもなく、売れなければ版元も手を引く。いまの世では、作者の名こそが第一義で、多少の難があっても名が知られていれば、版元にも大衆にも受け入れられる。

現に高名な作者が没すれば、必ず二世が登場する。読み手がすぐにとびつくからだ。版元は誰よりも承知していて、初代の息子や弟子を二世として担ぎ出す。

「静久緒は、竹林丙歳の作としては、いわば変わり種です。己が二世を名乗り、これまでの趣きを真似た軍記物を書いても、きっと世に受け入れられると、一刻歳はそのように」

「お雁さまはそれを、拒んだのですね？」

「私ではなく、両国屋の主人と、娘婿の祐吉が応じませんでした。初代がいるのに、二世は立てられない。何よりも、いまの一刻歳の腕では、丙歳の名を継ぐのはとうてい無理だと」

一刻歳も意固地になったに違いない。今朝、ふたたび丙歳宅を訪れた。あいにくと、お雁や兄夫婦は他出していて、女中しかいなかった。一刻歳は机にあった草稿を奪い、応じなければ真実を世間に吹聴（ふいちょう）するとの置手紙を残していった。

一刻歳が丙歳の弟子であった頃には、お雁も井達屋に挨拶（あいさつ）に出向いており、裏手の小屋に住まっていることは、婿の祐吉からきいていた。矢も楯（たて）もたまらず今戸町に駆けつけて、草稿を返してほしいと懇願したが、きき入れてはもらえない。

「あのときのことは、私もよく覚えていません……気づいたら、床に一刻歳が倒れていて」

無我夢中で握られていた草稿をひき千切（ちぎ）り、家へと戻った。

「ですが、祐吉の顔を見るなり、恐ろしさにからだが震えました。何という真似をしてしまったのかと、己が怖くてなりませんでした」

娘と婿に一切を明かし、祐吉は弟を心配し、即座に今戸町に走った。お雁もまた、とてもじっとしておれず、ふたたび井達屋の前に舞い戻ってきたのだ。

「私もまた、一刻歳と同じ穴の貉（むじな）……夫の名を騙（かた）って、戯作の真似事をしていたにすぎません。なのにいつのまにかそれに囚（とら）われて、挙句（あげく）の果てにとんでもない罪を……」

悲しげな面差（おもざ）しが、行灯（あんどん）の明かりに浮かび上がる。

「それこそが戯作のもつ魔性であり、作者の業ではありませんか？」

お喜路の声は力強く、横顔は雄々（おお）しいほどに確信に満ちていた。

「一刻歳に無体を働いても、静久緒を書き続けたかった、やめたくなかった。それがお雁さまの本心でありましょう？　すでに騙りでも真似でもありません。あなたは業の深い、戯作者そのものです！」

ぱん、と背を叩かれたように、お雁の表情が驚きに固まる。それからゆっくりと、深い笑みが立ち上った。

「そうかも、しれませんね……ですが、物語の続きは書けそうにありません。許してもらえるとは思えませんが、一刻歳に詫びを入れて、私は筆を折ります」

「そんな！」

「それより他に、償いようがありません。番所に括られても仕方のないことをしたのですから」

その覚悟もしていると告げて、お雁は腰を上げた。これから井達屋に行って、親方の前で洗いざらいを明かすという。慌ててその後を追いながら、お喜路がぼそりと呟いた。

「こうなれば何としても、たとえ千両払ってでも、静久緒の続きを書いてもらわないと」

決してたとえ話ではなく、お喜路なら本気で千両を掛けかねない。『とりかえばや静久緒』は、姉にとってそれ以上の価値があるからだ。

しかし井達屋に着くと、思いがけない始末が待っていた。

「この馬鹿者があっ！　師匠の奥方を脅すたあ、何てえ情けねえ真似を！」

お雁から話をきいた親方は、怪我人の一刻歳を、容赦なく叱りつけた。

非はあくまで、お雁を追い詰めた一刻歳にある。自分の目の黒いうちは、二度とこのような不束（つか）はさせないと、親方の方から詫びを入れる始末であった。

「師匠の名を借りようって腹が、そもそも情けねえ。戯作が諦（あきら）めきれねえなら、十年でも二十年でも、本気で修業するのが筋だ。そうだろう、祐吉？」

「親方の仰るとおりだぞ、根吉。おまえも戯作を志（こころざ）すなら、竹林丙歳ではなく梅木一刻歳の名を、世に広めてみせなさい」

　親方と兄に説教されては、一刻歳とてぐうの音（ね）も出ない。ふたりに促され、申し訳なかったと、お雁に頭を下げた。

「いえ、謝るのはこちらの方です。傷を負わせたのは私ですし、大事に至らなかったとはいえ、咎めなしというわけには」

「でしたら、お姑（かあ）さん、根吉を弟子にしてはもらえませんか？　もちろん住み込みの内弟子ではなく、時折こいつの書くものを見てくださるだけで構いません」

　え、と驚いた表情を、お雁と根吉が同時に向ける。

「ですが、私は軍記には疎（うと）くて……指南なぞとても」

「こいつの書くものときたら、話の転じようが雑で、文は読み辛（づら）い。何よりの難儀は、掘り下げが浅くて、人というものが描けない」

「兄貴、そりゃあんまりだ」と、根吉がむくれる。

「お姑さんの戯作は、その辺りが実に細やかだ。弟にとって、これ以上の師匠はありません。根吉、どうだ？　おまえもそう思わないか？」

一刻歳は真顔になり、お雁に向き直った。

「あっしも、そう思いやす。お師匠さま、どうかよろしくお願いしやす」

戸惑いが先に立ち、お雁は返答をしかねているが、傍できいていたお喜路が、黙っているはずもない。

「お雁さま、いえ、師匠！　私も、私も弟子にしてくださいませ！」

一刻歳と並んで、懸命に乞う。お雁はひどく困惑しながらも、ふたりに重ねて乞われ、とうとう承知を告げた。

「筆を折るつもりでいたのに、ふたりも弟子ができるなんて」

先刻までの憂いが消えて、お雁の顔に嬉しそうな笑みが浮かんだ。


「鷺坊ちゃん、お喜路嬢ちゃんは、何かいいことがあったんですかい？」

井達屋からの帰り道、先棒を担いだ越次郎が、掛け声を止めて鷺之介に話しかける。

「機嫌がいい上に、おれたちへの酒手の弾みようときたら。目ん玉がとび出そうになっちまった」と、背中から中五郎の声が続く。

「千両にくらべれば、なんてことはないからね」

ずいぶんと遅くなったから、鵜之介はさぞかし心配していよう。

駕籠の揺れは実に心地良く、鷺之介を眠りに誘った。

五両の手拭(てぬぐい)

入口障子を開けようとしたとき、その唄がきこえて、どきりとした。

「白鷺が　小首かしげて二の足踏んで　やつれ姿の水鏡」

名が重なって、まるで自分のことを唄われたように思える。たしかに、このところやつれたような気もする。ほうっと子供らしくないため息をついて、戸を開けた。

奥から響いてくる三味線の音はそのままに、ほどなく女中が現れた。お弟子は来ていないから気兼ねはいらないと、小さな客を奥に通す。

女中が声をかけると、弦を爪弾く手を止めて、鷺之介に笑顔を向けた。

「おや、お鷺じゃないか、よく来たねえ。さあさ、お上がり」

三絃を傍らに寝かせて、身近に招く。

「お鷺ひとりかい？　三羽烏はどうしたい」

「永代寺門前で、いつものごとくだよ。あんまり長いから飽いちまって、先に来たんだ」

「あの子らの買物ときたら、下手な浄瑠璃よりも長いからね。連れ回されるお鷺は、ご苦労なこったね」

「まったくだよ。文句をつけても、『後でたっぷりと人形屋につき合ってあげるから』って。もう人形を欲しがるような歳じゃないってのに」

たしかに永代寺門前町の人形屋は、少し前まで鷺之介の気に入りの場所だった。犬や猫の土人形に、狐やおたふくの面、仕掛けで動く玩具のたぐいもあって、えらぶのにはなかなかに手間取った。

「面倒だねえ、棚の端から端まで買っちまった方が早いじゃないか」

長姉のお瀬己からは、せっかちにどやされた。己の買物には長っ尻なくせに、弟につき合うつもりなぞさらさらない。姉の文句にめげず、じっくり吟味してひとつをえらぶ。

長兄の鵜之介なら、きっとそうするはずだ。あれもこれもと貪欲に求める姉たちと違って、金の値と稼ぐ苦労を知っている。むしろ贅を慎み、奢を戒めて、商いに徹している。

鷺之介もまた、兄を見習おうと、幼い頃から努めていた。

「年が明けたら十二歳になるんだ。人形や玩具で喜ぶ歳じゃありません」

鼻息も荒く訴えたが、お重は少し切なそうに鷺之介を見詰める。

「お鷺もいつのまにか大きくなって……もう、子供じゃないんだねえ」

母が生きていたら、やはりこんな目をしたのではなかろうか。そんなふうにも思える。

「お重おばさんは、長姉のお母さんだけど、鷺や下の姉さんたちにとってもお母さんみたいだね」

ちょっとびっくりしたように目を見張り、それからきゅうっと鷺之介を抱きしめた。

「お鷺はまったく、可愛いねえ。食べちまいたいくらいだよ」
「もう、だから子供あつかいしないでよ、お重おばさん」
反論は口だけで、お重の腕は温かく、思いのほか心地よかった。

長兄と三人の姉、そして末の鷺之介。五人の兄弟はすべて、母親が違っている。

子供たちを慈しんで育ててくれたのは、父の正妻で、長兄を生んだお七だが、お重は長女のお瀬己の実母である。

父と出会った頃は、深川で芸者をしており、いまは永代寺門前町からほど近い仕舞屋で、三味線と小唄を教えている。お七が生きていた頃は、年に二度に限ってお瀬己と会っていたが、その縛りを設けたのは当のお重だと、最近になって鷺之介は知った。

正妻への遠慮と、何よりも感謝の念が大きかった。

「おかみさまには、本当に良くしてもらったよ。なにせこちとら、旦那を寝取った女だからね。初めて挨拶に行ったときは、ひっぱたかれる覚悟もしていたよ。なのにさ、あたしの手をとって、『大事にして、良い子を産んでくださいましね』って、まるで観音さまみたいなお人でさ」

気風がよく、腹には何も溜めない性分だ。鷺之介の前で、そんな昔話もしばしば語る。

「あたしも若かったからね。本妻なんぞに負けるものかと、粋がって乗り込んだんだ。思いがけず優しくあつかわれて、たちまち申し訳なさでいっぱいになっちまってね。あたしゃ、泣き出しちまったよ」

お七の話となると、少々長くなるのが玉に瑕だが、亡くなった母を慕う、お重の気持ちは本物だ。お七は決して口先ばかりでなく、飛鷹屋からたびたび使いを送ってはようすを伺い、滋養のある食べ物や手縫いの襁褓などを差し入れた。お産が終わっても気遣いは変わらず、また、赤ん坊のお瀬己を抱いて、初めての娘だとたいそう喜んでくれた。

「本当はね、お瀬己を手放すつもりなぞ、さらさらなかったんだ。この子はあたしひとりで立派に育ててみせるって、鳶右衛門の旦那にも言い張った。でもね、おかみさまの人柄を知るにつけ、託してみようかって、そんな気になってね。きっとこのお方なら、飛鷹屋の娘として、申し分のないお嬢さまに育ててくれるに違いないってね」

「それだけは、当てが外れたね。まあ、長姉に限ったことじゃないけどさ」

鷺之介の皮肉にも、お重は軽やかに笑う。

「五つになるまではあたしが育てたし、何より生まれもった気質ばかりは、おかみさまにもどうにもできないからね。あの子はあたしの若い頃に、そっくりだよ」

「ええっ、お重おばさんもあんなだったの？　喧嘩っ早くてわがままで、口が悪くて意地っ張りで」

「そうそう、あたしもよく置屋のお母さんに、同じように言われたよ」

娘を悪しざまにけなされても、やはりからからと笑いとばす。お重の大らかは鷺之介にも心安く、深川に来ることがあれば必ず足が向く。

「うちの娘ばかりじゃなく、たぶん、下の姉さんたちも同じだろうね。世間から見りゃ、突拍（とっぴょう）子（し）もない女が、鳶右衛門の旦那の好みなんだよ」

「じゃあ、鷺のほんとの母さんも？」

ふいの問いに、かすかな戸惑いが表情をかすめた。それがゆっくりと、立ち上るような深い笑みへと変わる。

「お鷺の母さんはきっと、おかみさまによく似た人だろうね」

「……そうなのかな？」

「おかみさまも考えようによっちゃ、突飛な方だからね。こんなに真心こめて、なさぬ仲の子供を育てるなんて、なかなかできることじゃない。芯（しん）の通りようが、しゃんとしていなさるのだろうね」

妾（めかけ）の存在を、いちいち騒ぎ立てないのは妻の務めとされるが、大方は上っ面（うわつら）だけだ。芸者は妾稼業も多いだけに、妻の悋気（りんき）や鬱憤（うっぷん）がどのような形で現れるのか、お重の耳にもさまざま入ってくるそうだ。

「悪いのはあたしらの方だから、それも仕方がないがね」

「違うよ、悪いのは父さんでしょ。そのうち鷺の、弟か妹を連れてくるかもしれないし」

「本当だ、お鷺もうかうかしてられないね」

「まったくだよ。でも、どうせなら弟がいいな。三対三なら、少しは姉さんたちと勝負になるかもしれないもの」

「鷺兄さんと慕ってくれる可愛い妹なら、お鷺も欲しくはないかえ？」

「そうだなあ、悪くないかな……いや、やめておく。やっぱり弟だ」

鷺兄さーん、と呼ばれるのは満更でもないが、三姉妹そっくりに生意気に育った姿が浮かんで、急いで頭をふる。

「弟を当てにしなくとも、旦那さんがいなさるんだ。男女の帳尻は、合うじゃないか」

「父さんは年中いないし。ちっとも当てにできないよ」

「それでも正月までには、帰ってきなさる。お鷺も楽しみだね」

「暮れまでに間に合うかなあ。今年の正月なんて、松の内が過ぎてから、ようやく江戸に着いたでしょ」

年中、遠国にいる父親も、正月ばかりは江戸で祝う慣わしだった。鳶右衛門は、自ら船に乗り込んで遠国に赴き、大きな商いをまとめている。

あと十日ほどで師走に入るが、暮れまでには帰るとの便りを、兄が受けとっていた。

ただ船旅は、天候に左右される。海には道も宿もなく、風のひと吹きで方角さえ容易く変わる。冬場はことに海が荒れ、空と波の機嫌を窺うより他にない。風待ちに数日かかるのは茶飯事で、去年は暮れに間に合わず、船は二十日以上も遅れて、一月半ばを過ぎてから、ようやく江戸に着した。

「あのときは、気を揉んだねえ……無事に帰ってきなさるなら、お百度を何べん踏んでも構わないがね。陸で待つ身としちゃ、たまらないね」

思い出したのか、お重は長いため息を吐いた。鳶右衛門の身を案じて、お重は深川八幡宮にお百度参りをしていたと、姉のお瀬己からきいていた。

飛鷹屋の者たちも、日が経つごとに心配の色が濃くなっていき、鶺之介も、毎日念入りに神棚や仏壇に手を合わせていた。しかし三姉妹だけは、どこ吹く風だった。

「鶺之兄さん、しょぼくれた顔はやめておくれな。仮にも若旦那だろ、上の者がおろおろしたら、下の者はよけいにうろたえちまうよ」

「どのみち父さんは海の上だもの。あたしたちにできることは、何もないわ。だったらせめて、いつもどおり暮らしていくのが道理ではないかしら？」

「神仏にすがるのもどうかと思うわ。いくらうちの喜捨が多くとも、金高で線引きしないのが神さまでしょ？　金の威が通らないのなら、祈ったところで無駄じゃないかしら」

三人三様に勝手なことを言い合って、いつもどおりに着飾った姿で出掛けていった。

「鶺之兄さん、気にしちゃいけないよ。姉さんたちは薄情なんだ。親や主人の心配をするのは、あたりまえじゃないか」

兄の代わりに、鷺之介は大いに立腹したが、いや、と鶺之介はゆるく首をふった。

「妹たちの言い分は正しいよ。祈りも心配も、身内ならあたりまえ。だが、上に立つ者は、他にもすべきことがある。難儀なときこそ苦労を顔には出さず、先頭に立ち前を向く。父さんが、まさにそうだろう？」

そのとおりだ。豪胆を絵に描いたような男で、たった一代で飛鷹屋を万両店にまで押し上げた。金の力の大きさを、誰よりも理解していたが、一方で、ある意味金には執着がない。儲(もう)けは次の商いへの足掛かりであり、新奇な商いこそが、鳶右衛門を引きつけてやまない。傍目(はため)には無謀とも映り、また危うさも伴う。それでも父の目には、ちゃんと勝算が見えている。

新たな商いには失敗もつきもので、抱えの船が難破したり、品を運んだ頃には相場が下落していたりと、大きな損もたびたび被(こうむ)った。だが鳶右衛門は、いついかなるときでも、決して下を向くことはない。むしろ危難のときこそ、本領が発揮される。

父にとっては、安寧な暮らしこそ牢獄(ろうごく)に等しく、常に難と背中合わせの道なき道を行くことが、生きる上での甲斐(かい)なのだ。商人というよりも性質は博奕(ばくち)打ちで、ただし運を天に任せるようなことはしない。勝つための方策は存外なほど密に立て、しくじれば直(ただ)ちにやりようを変える。悲嘆や悔いは時の無駄遣いでしかなく、災難のときこそ、講じる策は無限にある——。それが父の教えだと、鶉之介は弟に語った。

「妹たちが言ったのも、要は同じことだ。あの子らは、父さんの性根を濃く継いでいる。性を違(たが)えて生まれてきたら、きっと私よりもずっと頼りになる跡継ぎになったろうに」

おそらくは兄の本音であり、滅多(めった)にもらさない弱音でもあろう。このときばかりは、鷺之介は憤然と兄に抗(あらが)った。

「よく考えてください、鶉之兄さん。どんな商売上手であろうと、入る金より出る金が多ければ店は潰(つぶ)れます。姉さんたちに店を預けたら、半年ともちません！」

「まあ、たしかに……」

言い得て妙だと、長兄が苦笑する。

「それに、父さんと兄さんが似ていないからこそ、飛鷹屋はうまくまわっているんです。父さんが虎なら、兄さんは猫です！」

「私は、猫かい？」

「客と財を招く、招き猫です。ちなみに姉さんたちは、財を食いつぶす鼠です」

堪えがきかなかったのか、鶲之介が声をあげて笑う。

「では、鷺之介は何だい？」

「鷺は……鰹節になりたいかな」

「鰹節だって？　猫の私に、食べられてしまうよ」

「兄さんのお腹が満ちていれば、鷺も嬉しい。お腹いっぱいになるよう、うんと大きな鰹節になります」

兄の手が、ぽんと頭に載せられた。手にさえぎられて、兄の顔が見えなくなったが、喉仏がこくりと上下した。

「鷺之介、鰹節では、鼠にもかじられてしまうよ」

「それは嫌です！」

頭を離れた兄の手は、笑いながら目尻にたまった涙を拭った。

遅れはしたが、幸い父は三艘の船とともに、無事に帰ってきた。三日三晩、祝いの宴が続き、正月がふたたびめぐってきたような騒ぎだった。船には諸国の産物が満載で、鷺之介には見当もつかないほどの儲けになったときいている。

ただでさえ太っ腹な父だ。店の者はもちろん、お得意や取引店、親類からご近所まで、祝儀の大盤振る舞いだった。中でも三姉妹の浮かれよう、もとい金遣いはとんでもない額となる。

「さすがに怖くて、算盤(そろばん)を弾(はじ)くのをやめてしまったよ」と、兄がこぼしたほどだ。

それでもやはり、父の無事に誰より安堵(あんど)したのは鵜之介だった。鷺之介とて、同じ思いだ。滅多に会えず馴染(なじ)みの薄い存在でも、この世にたったひとりの父親だ。

「今年はちゃんと、正月に間に合うように帰ってきなさるんだろうね?」

お重は案じ顔で、胸の前で両手を組む。

「どちらに、行っていなさるんだい?」

「蝦夷(えぞ)だって」

「よりによって、いちばん遠いじゃないか。どうしてこの寒空に、北の果てなんぞにわざわざ行きたがるのか、気が知れないね」

「行先が遠ければ遠いほど、儲けが大きくなるんだって。ことに蝦夷地は宝の山だと」

出発前に、父が語っていたことを、そのまま伝えた。

船商いには、やり方がいくつかある。船だけを貸し出したり、荷を積んで運び賃をとったり、飛鷹屋でも客によってさまざまに商う。しかしもっとも儲けが大きいのは、自ら諸国の名物を買いつけて、江戸や大坂(おおさか)で捌(さば)くことだ。その利は莫大(ばくだい)で、飛鷹屋がここまでのし上がったのも同じ理由だ。

主人は店にいて、番頭や手代、あるいは船乗りに任せる場合も多いのだが、鳶右衛門は必ず己の目で見極めて、新たな商い物を吟味する。目利きであり、勘所の確かさは折り紙つきだが、故に一年の大半は船の上だ。

「父さんは商人というより、すでに船乗りだよね」

「まったく因果なお方を、旦那にもっちまったよ。おかげで年柄年中、心配の種が尽きやしない」

お重が、ほうっとため息をつく。そのため息で、鷺之介は自分の心配事を思い出した。

「あのさ、お重おばさんに、相談したいことがあったんだ」

「おや、何だい？」

鬼の居ぬ間になんとやら。騒々しい姉たちが来る前にと、鷺之介は急いで心配の種を語った。

その男を最初に見たのは、四日前のことだ。秋葉祭りに行った帰りだった。

秋葉権現は火伏の神さまで、本山は遠州にあるが、徳川の御世になってから国中に広まった。秋葉権現を祀る寺社や祠は、江戸でもたいそうな数になり、武家屋敷の内にも鎮守が設けられている。

霜月になると、方々で秋葉祭りが行われ、小さな神幣を火除けの守りとして乞うのが慣わしだった。江戸の秋葉さまの中で、もっとも名が知られているのは、向島の秋葉権現だ。鷺之介たちも舟を雇って大川を渡り、お参りした。

もちろん三姉妹の目当ては、お守りではなく祭りの方だ。

神楽や大道芸を見物し、縁日の出店をめぐって、帰りに料理屋に寄った。姉たちより少し遅れて店を出たとき、男に気づいた。賑やかにしゃべりちらす姉たちを、食い入るように見詰めている。そのときは、てっきり縁日で害を被った手合いだと思った。

出店の団子が不味いとけちをつけ、まったく当たらない占いだと易者をこきおろし、浮世絵の刷りが杜撰に過ぎると講釈をたれる。三姉妹の傍若無人がいかんなく発揮され、傍にいた鷺之介は、身がふたまわりはすり減った心地がした。

出店の者が、鬱憤を晴らすために追いかけてきたものと思い込み、姉たちを追い立てるようにして駕籠に乗せた。

しかしそれからわずか二日後、鷺之介が友達の五百吉たちと、凧揚げに行った日のことだ。凧揚げは冬から春にかけての遊びで、概ね霜月から翌春の弥生頃まで、瓦屋根の上に浮かんだ凧は江戸の風物だった。

風がほどよく強い凧揚げ日和で、頰や手足はすっかりかじかんでいた。急いで家に入ろうとしたとき、塀の脇で男とすれ違った。西日がまともに当たり、男の顔がはっきりと見えた。数日前、秋葉祭りの日に、見掛けた顔に相違ない。

思わず立ち止まり、おそるおそるふり向いた。男は明らかに飛鷹屋を気にしていて、ちらちらと塀の方に視線を向ける。

ぞわりと背筋が粟立って、真っ先に兄に知らせようとしたが、待てよ、と足が止まった。この前は横顔だけで気づかなかったが、今日は正面から男の顔を確かめた。その顔を、もっと前に見たような気がしたからだ。

いつだろう、どこだろう、と散々首を捻ったが、どうにも思い出せない。

またこの前は、身なりにまで気が行き届かなかったが、あの姿は出店の主というよりも、ひとかどの店の商人だ。小店の主人か、あるいは番頭や手代のたぐいか。

「もしかして、お金を借りにきたのかな……」

まずそう考えてしまうのが、我ながらちょっと悲しい。その手と思しき者も、たまさか見掛ける。飛鷹屋との縁やつき合いが薄く、頼みづらさを抱えた者や、あるいは一度断られた者などが、諦めきれずに塀の脇で佇んでいたりする。

秋葉祭りで姉妹を見掛け、飛鷹屋を思い出し、訪ねてきたのだろうか。

「お客なら、昼過ぎからひっきりなしでね。金の工面もいくつか頼まれた。そのひとりかもしれないね」

念のため兄に確かめてみると、そのように返された。以前にも飛鷹屋に来た客であれば、顔を見知っていても不思議はない。得心がいき、以来、忘れていた。

しかし今日になって、その男が三たび現れた。

永代寺門前町の呉服屋で、いつものごとく姉たちは長考を重ねていた。四半時もせぬうちに、すっかり飽いてしまい、鷺之介は断りを入れて店を抜け出した。

今日も深川まで、馴染みの越中駕籠に乗ってきた。駕籠舁の兄弟、越次郎と中五郎は、この先の辻で待っているはずだ。ふたりと過ごす方が、よほど楽しい。

けれど店を出たとき、向かいの茶店にあの男がいた。こちらを向いて、床几に座っている。正面から、男とまともに目が合って、金縛りにあったように動けなくなった。

やっぱりどこかで会ったことがある。頭の中にある引き出しのどこかに仕舞ったはずなのに、どこに仕舞ったのか思い出せない。

男は鷺之介から目を逸らさず、腰を浮かせた。何か話しかけようとするように口を開けたが、そのとき横合いから声がかかった。

「おーい、坊ちゃん、もう飽いちまったのかい？」

少し離れた辻から、越中兄弟の弟が鷺之介を見つけたようだ。

とたんに金縛りが解けて、鷺之介は逃げるように、兄弟のいる辻まで駆けた。

「どうしたい、坊ちゃん、そんなに慌てて」

兄の越次郎のもとに辿り着き、そろりと後ろをふり返ったが、男の姿は消えていた。

「てことは、ここ四日ほど、胡乱な男につけまわされているってことかい？」

事のあらましを鷺之介が語ると、お重の顔がみるみる青ざめる。

「いったい、どんな男だい？　身なりは？　歳の頃は？」

噛みつくように問いを重ねる。あまりの動顚ぶりに、鷺之介がたじろいだほどだ。

「えっと、身なりはお店者で、歳は、おじさんてことしか……」

「おじさんて、あたしくらいかい？　それとも、もっと上かい？」

正直、おじさんやおばさんの歳なぞ、まったく見当がつかない。たしかお重は、今年四十のはずだ。娘のお瀬己は、ちょうど半分の二十歳だから覚えやすい。

「たぶん、お重おばさんより年上だと……父さんと、同じくらいかも」

「蔦右衛門の旦那くらいの……」

青ざめた顔が、さらに色を失う。こんな大事になるとは、思ってもみなかった。

「お重おばさん、大丈夫？　もしかして、誰か心当てが……」

「あるわけないじゃないか！」

否定はあまりに早過ぎた。こわばった面には、思い当たる節があると大書されている。

「ただ、お鷺の身が案じられて……大店の息子なら、勾引なぞに遭うかもしれないし」

鷺之介の語りようが覚束なかったか、あるいはお重の早合点か、話の方向が甚だしく外れている。もとに戻そうと、鷺之介は慌ててつけ加えた。

「おばさん、つけまわされているのは鷺じゃない。たぶん、姉さんたちだよ」

「……え？　そうなのかい？」

こっくりと強くうなずくと、お重は息をつき、肩の力を抜いた。

「なんだ、脅かさないでおくれよ。あたしゃてっきり、お鷺が目当てかと……子供を狙う輩ほど、始末の悪いものはないからね」

「おばさん、娘なんだから、少しは長姉のことも心配してあげなよ」

「あの三人が、黙ってさらわれるような玉かい。勾引た方が、しまったと悔いる羽目になりかねないよ」

ものすごく納得できる。とはいえ、同じ男を三度も見掛けたのは本当だ。当の姉たちに告げなかったのは、さらに面倒な騒ぎになることを危ぶんだためだが、こうなると黙っているわけにもいかない。

「やっぱり姉さんたちに、話しておかないと」

が、要らぬ心配だった。姉たちは弟よりも、一枚も二枚も上手だった。

やがてお重の家にそろってやってきた三姉妹は、ひとりの男を伴っていた。

「あっ！　この男だよ！　鷺たちをつけまわしていたのは」

姉たちの後ろで、いかにもきまりが悪そうに肩をすぼめているのは、さっき呉服屋の前で見掛けた男だった。鷺之介の訴えに、お重がたちまち顔色を変える。

「何だって？　ちょいと、お瀬己、いったいどういう了見だい。こんな物騒な輩を、家に上げるなんて！」

「ぎゃんぎゃんうるさいね、おっかさんは。物騒かどうか、確かめるために連れてきたんだよ」

お瀬己がちらと母を睨む。その横でお日和が、おっとりと小首をかしげた。

「障りはなさそうだから放っておいたのだけど、いつまでも鬱陶しいから、さっさと払った方がいいかと思って」

「ひょっとして、次姉も気づいてたの？」

「あら、知らなかったの、お鷺。次姉さんは、一度見た顔は、まず忘れることがないのよ」

自分の手柄のように、お喜路が胸を張る。

「いざとなれば、外の駕籠舁に捕まえさせて、番屋にしょっぴけばいいさ」

「それだけは、どうかご勘弁を……」

お瀬己の言いように、男はたちまち震え上がる。

座敷に上がり、女四人に囲まれると、男は観念したように素性を明かした。


「手前は、秋葉権現境内で『亀甲堂』という手拭屋を営む者にございます」

床の間を背にしてお重とお瀬己の親子、客の右手にお日和、左手にお喜路が座し、鷺之介は三女の横に腰を落とす。男の述べように、お日和がゆったりとうなずく。

「ええ、それはわかっていてよ。長姉さんと揉めた、手拭店の主でしょ？」

「そんなこと、あったかね？」

「長姉さんのまわりには、始終悶着が尽きないから。いちいち覚えてるはずもないわよね」

と、お喜路が茶々を入れる。

「おまえも二十歳を越えたんだから、少しは堪忍を覚えちゃどうだい」

「気の短いのは、おっかさん譲りじゃないか」

　女同士の話は、どうしてこうも横道に逸れるのか。姉妹にお重が加わって、やいのやいのとひとしきりやり合う。その傍で、鷺之介もようやく、仕舞い込んだ引き出しの奥から男の姿を引っ張り出した。

「思い出した！　秋葉さまの境内で、長姉が手拭を一本買ったんだ。その店のご主人だ」

　秋葉権現に、参拝する前のことだ。三日間の祭礼の真ん中の日で、境内はたいそうな混みようだった。お瀬己が人混みでよろけた拍子に、前から来た男とぶつかった。運の悪いことに、男は味噌をたっぷりと塗った田楽の串を手にしていて、お瀬己の着物の前に、べったりと味噌がついてしまった。

　お瀬己が相手と、存分にやり合ったことは言うまでもない。

「子供じゃあるまいし、この人混みで食いながら歩くなんて、どういう了見だい！　この反物が、いくらすると思う。てめえごときが一生働いたって、買える代物じゃないんだよ！」

　本当に、穴があったら入りたい。相手は顔を真っ赤にして、つかみかからん勢いだったが、お日和がやんわりと割って入る。

「姉さん、それはあんまりだわ。こちらさまだって、田楽の恨みがあるのだから。田楽のお代は、お払いしますわね。一分もあれば、よろしいかしら？　ちなみに姉の着物は、軽く十両は越えますが」

　田楽はほんの数文、一分あれば百本は買える。対して一両は、振り売りならおよそ五日分ほどの稼ぎになり、つまり十両は五十日分だ。相手の風体から、その程度の稼ぎと見抜いて、お日和はいわば脅し文句を吐いたのだ。

「ああ、ああ、これは駄目ね。いくら拭っても、ちっとも落ちないわ。この着物も、捨てるより他になさそうね」

お喜路はといえば、お瀬己の手拭で着物を拭きながら、大声でこぼす。やり口はまるで、騙りを生業とする当たり屋さながらだ。

男の尻がもじもじし始め、お日和が差し出した一分金が決め手になった。

「し、仕方ねえな。こっちにも非はあったし、口の無礼は大目に見てやらあ」

精一杯粋がって、男はそそくさと人混みの中に消えた。

「ちんけな男のくせに、見栄だけは一人前かい。あんな奴に、一分もくれてやるなんて」

「一分なぞ、あたしたちには文銭ほどの値でしょ。いくら恵んでも腹は痛まないわ」

「それよりこの染み、本当に落ちないわよ。手水舎に行って、少しでも汚れを拭いましょ」

参拝前に手を浄める手水舎で、手拭を湿らせて、どうにか染みは目立たなくなった。代わりに味噌の染みを吸いとった手拭に、お瀬己が顔をしかめる。

「おお嫌だ、すっかり味噌くさくなっちまって。もう使えやしないよ」

「あら、姉さん、ちょうどあそこに手拭店が。あそこで一本、求めてはどう？」

お日和が示した看板には、『亀甲堂』という店名の脇に、手拭と書いてある。

「手拭屋とは、めずらしいわね。手拭は、振り売りが相場だもの。ちょっと覗いてみましょうよ」

お喜路も勧めて、姉弟は亀甲堂の暖簾(のれん)をくぐった。間口は一間半ほどの構えだが、店中に手拭が飾られて、まるで錦絵(にしきえ)を売る店のような趣(おもむ)きだ。

「なるほどね、手拭を錦絵のように染めて、土産物(みやげもの)にしているわけね。境内なら、いい商売かもしれないわ」

いつものごとく、お喜路が弟を相手に講釈をたれる。

「木綿(もめん)の行商人なら、お鷺にもわかるでしょ？　手拭売も姿は同じよ」

反物を背中に、頭よりも高く積んで、入り用なだけ切り売りするのが高荷(たかに)木綿売だ。手拭売も同じ格好(かっこう)だが、手拭に相応(ふさわ)しい色柄の木綿を、二尺五寸で切り売りするという。

しかし亀甲堂では、月並みな模様の手拭は商っていないようだ。錦絵と呼ぶ浮世絵さながらに、役者絵や美人画が所狭しと並んでいる。もちろん本家の錦絵にくらべると出来がまずく、色などもいまひとつの感もあるが、土産としてなら参詣客が喜びそうだ。

「いかがですか、お嬢さま方。秋葉祭りの、よい土産になりますよ」

満面の笑みで、客を迎えた主人が、いま目の前にいる男だった。

どうしていままで思い出せなかったのか、鷺之介にもようやく呑(の)み込めた。

主人とやりとりしていたのは長女と次女で、鷺之介は近くで顔を合わせていない。加えて、客向けの愛想(あいそ)の良い笑顔に対し、妙に剣呑(けんのん)な表情で姉弟をつけまわしていたからだ。

「どれもこれも、ぱっとしないねぇ。色も悪いし、刷りも粗い。安物だと一目でわかるよ」

「あら、安物だからこそ売れるのよ。境内の土産物なんて、そんなものよ」

主人の頬が引きつったような気もしたが、長女と次女は構わず売り物を吟味する。

「おや、それは？　ちょいと毛色が違うようだね」

お瀬己が目を留めたのは、開いた風呂敷の上に、二列に積み上げられた手拭だった。

「いえ、それは……先ほど染師から届いたばかりの品でして……」

主人は止めようとしたが、お瀬己がきくはずもない。十四、五本積まれた手拭は、同じ絵柄のようだ。いちばん上の一枚を、両手で広げた。

「あら、字模様なのね。なかなかに面白いわ」

お日和の弾んだ声に惹かれて、お喜路と鷺之介も後ろから覗き込んだ。

白地に赤い亀甲、緑の菱、藍の丸がいくつも描かれて、中に文字が入っている。それらを流れるような線が繋いでいて、たしかにあまり見掛けない面白い柄だった。

「これがいい、これにするよ」

「こちらの品ばかりはご勘弁を！　お客さまからの注文で、染師に誂えさせた一品でして」

「つまり、同じ柄は他にないってことだね？　ますます気に入ったよ」

すっかりご満悦のお瀬己の傍らで、店主の顔がみるみる青ざめる。

「このとおりです、その品ばかりはご容赦ください。すぐにでもお届けせねばならず、違えれば店の信用に関わります」

「大げさだねえ、それなら……これでどうだい？」

お瀬己が畳に置いたのは、二分金が六枚、つまりは三両だ。店主が目を剝き、その喉がごくりと鳴った。金の効き目というものは、しばしば目の当たりにする。人がまさに、欲によろめく瞬間だ。お日和が脇から、にっこりと止めを刺す。

「同じ柄をもう一本、染師に抜かせれば良いだけの話でしょ？　悪い話ではないと思うけど」

「足りないなら、上乗せも厭わないよ。いくらなら、売ってくれるのかい？」

二分金を見詰めて、店主は膝の上に両の拳をにぎる。しばしの間の後に、絞り出した。

「……五両なら」

「あら、見掛けによらず、欲の深いこと」

「構やしないさ、……これで、文句はないね？」

お瀬己がさらに、二分金四枚を重ねて、商談は成立した。

いつもと少し違ったのは、店主の顔に、ちらとも喜色が浮かばなかったことだ。

手拭一本で五両。大儲けしたはずなのに、嬉しくないのだろうか？

意気揚々と店を出る姉妹を見送りもせず、店主は半ば、呆然とその金を見詰めていた。

「で？　何だってあたしらの回りをうろちょろと。払いが足りないと、文句をつけにきたのかい？」

「め、滅相もない！」

お瀬己に睨まれて、店主が縮こまる。躊躇いながらも、おそるおそる用向きを告げた。

「やはりあの手拭を、返してはいただけまいかと……」

「用事は、たったそれだけかい？」

「さようです。実はあの柄は、注文主のお客さま自らが、色や模様を工夫した品でして。他の者には使わせたくないと、たいそうなお怒りようで」

すぐにとり返してくるよう命じられたと、事情を語る。

「それならそう言や、いいじゃないか。どうしてこそこそつけまわすような真似を」

「それは……」

店主が苦しげな表情を浮かべ、やにわに畳に這いつくばった。

「いただいた五両を、お返しできないためです。……店の借財が重なっていて、あの日のうちに金貸しにそっくり渡す羽目になりまして」

「つまり、品だけ返せってことかい？」

「虫のいい話だとは、重々承知しています。どうにも言い出せず、この幾日か胡乱な真似を働く羽目に……何とも面目ありません」

畳に額をこすりつけて、ひたすら詫びを入れる。

借財のために五両に目がくらみ、つい品を渡してしまったが、たちまち後悔の念に囚われた。店を手代に任せて、すぐに姉妹の乗った駕籠を追ったが、金と信用の天秤は揺れ動き、言い出せぬままに飛鷹屋に着いてしまった。

　しかし翌日、品の催促に来た客からこっぴどく叱(しか)られて、頭を抱える羽目になった。五両はすでに、金貸しにとられて手許(てもと)にない。どうしたものかと困り果てながら、一昨日は飛鷹屋を塀越しに覗き込み、今日は出掛ける姉弟の後をつけ、深川までやってきた。

「五両はいずれ必ず……時はかかりますが、必ずお返しします。ですからどうか、あの手拭をお戻しください。何卒(なにとぞ)、何卒……」

　すでに涙声になっている。大人がいわば、金に屈する姿は、見ていて心苦しい。可哀相(かわいそう)になって、鷺之介は口を添えた。

「長姉、こんなに頼んでいるんだから、返してあげたら？　どうせ一日使ったら、後は放りっぱなしでしょ？」

「そうだよ、お瀬己、意地悪しないで返しておあげ。もともとはおまえの無理強(じ)いが、招いた始末じゃないか」

「意地悪なんて、人聞きの悪い。まあ、別に手拭一本くらい、構やしないがね」

　母親にまで加勢され、お瀬己も不服そうな顔ながら、承知の気配を見せた。

「本当ですか？　ありがとうございます、ありがとうございます！」

「とはいえ、今日は手許にないからね。明日にでも、うちにとりに来ておくれな」

「あのう、できれば、今日お戻しいただくわけには……お客さまからは、矢の催促で」

　それまで姉に受けこたえを任せきりにしていたお日和が、軽やかに口を挟んだ。

「私どもは、今宵(こよい)はこちらに泊めていただきますの。明日の昼前には飛鷹屋に戻りますので、昼頃に訪ねていただけませんか？　手拭は必ずお渡しいたします」

「わかりました。さようなお運びでしたら、もう半日お待ちします。こちらこそ、無理をお頼みして、申し訳ございません」

　ていねいに礼を告げて、亀甲堂の主人は帰っていった。まもなく弟子が来たのを汐に、お重もまた座敷を移り、三味線の稽古をつける。四人きりになると、鷺之介はまず言った。

「今日、ここに泊まるなんて、知らなかった」

「馬鹿ね、あれは時を稼ぐための、次姉さんの芝居よ」

「えっ、そうなの？　どうして、そんなことを？」

「あたしも理由はわからないけど、お日和はひどく、あの手拭にこだわっていてね。ひとまず下駄を預けてみたんだ」

「長姉さん、あの手拭って、これのことかしら？」

　お日和が優雅な手つきで懐から出したのは、字模様のあの手拭に相違なかった。


「もっているなら、渡してあげてもよかったのに。あのご主人、とっても困っていたよ」

「ただの手拭ではないと、次姉さんは考えたのよ。だから見定めるために、半日の暇を承知させた。お鷺も少しは、頭を使いなさいな」

　文句をつける弟の相手は、お喜路が務める。

「だっておかしいじゃない。借金やら客の注文やら、いかにもな台詞を並べ立てても、四日ものあいだつけまわすなんて、度が過ぎてると思わない？」

「そりゃあ、そうだけど……それだけ切羽詰まっていたんじゃない？」

「何でも頭から信じるなんて、まだまだ子供ね」

ぷくりと、頬をふくらませる。長女と次女は、畳に広げた手拭を、熱心に検分する。

「最初に、長姉さんが言ったのよ。この模様を、どこかで見たような気がするって」

「同じ柄を見たわけではないんだよ。亀甲や菱や丸には、何の馴染みもない。なのに、知っているように思えてね」

「ということは、形の中に染め抜かれた、字の方かしら？」

「すべての字に、覚えがあるわけじゃないけれど……まあ、いくつかはたしかに」

「だったら、書き出してみてはどう？」

と、お喜路が、常にもち歩いている、矢立と帳面をとり出す。

「長姉が覚えのあるものとないものと、分けてみれば、考えが整うかもしれないわ」

「そうね、やってみましょ」

お日和が応じて、お喜路が矢立から筆を抜いた。小さな墨壺に筆を浸して、帳面を開く。

「まず、亀甲の『下』、その下の菱の『小』、右隣の亀甲の『上』、次は……」

「念のため、模様の配しようも、そのまま写してちょうだいね」

お日和の助言に、お喜路が従う。お瀬己に覚えのない、いくつかの形と文字を抜かした上で、手拭の模様を描き写す。

「えぇっと、左下は、亀甲の『常』だけ。あとは知らないね」

手拭を縦長に置いて、右上から始めて左下まで行き着いた。

「あら、不思議……丸の形がひとつもないわ」

「本当ね、亀甲がやたらと多くて、菱も半分以上が欠けてるわ」

手拭の横に、帳面を破って繋げた長細い紙を置き、お日和とお喜路が額をつき合わせる。

「こうして見ると、あたしも何だか覚えがあるような……」

「そうそう、あたしもそんな気がしてきたわ」

鷺之介にはさっぱりだが、絵解きのようでちょっと面白い。

「上とか下とか、なんだか双六みたいだね」

「双六……」と、お日和が呟いた。

「上がりは、ここがいいな。写しにはないけれど、真ん中辺の丸に『玉』。『玉や』っていう小店があってね、駄菓子や竹細工を売ってるんだ。遊んだ帰りに、五百や皆と立ち寄って……」

あっ！　とびっくりするほどの大声で、三姉妹が同時に叫んだ。

「そうだよ、下総屋、小川屋、上州屋……最後は、常盤屋だね」

「どれも、あたしたちが通いなれた店ですもの。どうりで覚えがあるはずよ」

下総屋は呉服、小川屋は小間物、上州屋は履物。いずれも日本橋の北にある、姉妹行きつけの店だった。

そして常盤屋は、日本橋から南に下った京橋（きょうばし）に近い呉服屋だという。大店のお嬢さまとなれば、手代が品を抱えてきて、家で見繕うのが相場だが、買物と出歩くのが好きな姉たちは、自ら出向いて多くの品からえらび抜くのを甲斐としている。

「待って、それなら形は、それぞれの店の構えや格を、表しているのじゃないかしら」

　お喜路の思案は、手拭の模様とぴたりと嵌（はま）った。

「ほら、亀甲形の下総屋、上州屋、常盤屋は大店で、菱形の小川屋は中店、丸に玉が、お鷺の言った玉やだとすると小店でしょ？　あたしたちが知らないのも、無理はないわ」

「店の名からすると、日本橋を境にして、北と南が描かれているようね」

「形の間にめぐらせた流れるような線は、道じゃないかしら？」

「絵図のついた、買物案内ってことかな？」

　次女と三女のあいだに首をつっ込んで、鷺之介が意見する。

「買物案内にしちゃ、おかしかないかい？　越後屋（えちごや）とか白木（しろき）屋とか、名の知れた呉服店が抜けているじゃないか」

　お瀬己の言に、たしかにと妹たちがうなずく。頬に手を当てて、じっと思案していたお日和が、顔を上げた。

「もしかしたら、この図には、まったく別の思惑があるのではないかしら」

「思惑って何だい？」

「さっきの店主のしつこさと、あの怯（おび）えようが、ずっと心に掛かっていたの。この手拭の注文主を、ひどく怖れているとすれば得心がいくわ」

「次姉さん、それってまさか……」

お喜路は深意を察したらしく、大きく息を吸う。

「ここから先は、玄人にお任せしましょ。どんな始末になるか、楽しみね」

観音さまみたいな、微笑を浮かべる。どうしてだか、鷺之介の背中がぞわりとした。


「まさか手拭の注文主が、盗人一味の親玉だったなんて……」

お日和とお喜路から仔細をきいて、鷺之介は呆気にとられた。

あの翌日、約束どおり亀甲堂の主人は、飛鷹屋を訪ねてきた。しかし迎えたのは姉妹ではなく、強面の岡ッ引である。

いわゆる八丁堀の旦那から十手を預かる親分で、親分はもちろん旦那にも、日頃からたっぷりと心付けを渡してある。

「てめえも盗人仲間として、お縄になりてえか！　嫌ならきりきりと白状しやがれ！」

赤牛と呼ばれる親分に、真っ赤な顔で脅されて、気弱な主人はたちまち震え上がった。

博奕にのめり込み借金を重ね、胴元を通して、盗賊の頭に引き合わされた。利息の代わりにと、手拭の染めを頼まれ、件の五両も返済に充てられた。

師走は商家の金蔵が、もっとも重くなる。盗みに入りやすい商家を配下に調べさせ、下絵を描き上げた。わざわざ手拭にしたのは、水にも強く、また十四、五人の配下すべてに渡すためだ。配下をいくつかの組に分け、それぞれが近い場所の数軒を受けもつ。

一晩のうちに手際(てぎわ)よく盗みを働き、ごっそりいただいて、その日のうちに江戸からとんずらする。それが盗人一味の企(たくら)みだったと、お喜路が説(と)く。

「こんな面白い談議をきけるなんて。戯作者には、何よりの妙薬よ」

人気の戯作者に、弟子入りしたてのお喜路は、頬を紅潮させて両手をにぎった。

「あのおじさん、捕まっちゃって気の毒だね。そんなに悪い人には、見えなかったのに」

「手拭は結局、盗人の手には渡らなかったでしょ？　一味をお縄にする手掛かりも素直に吐いたから、案外軽い罪で済みそうよ」と、お喜路が続ける。

「そうなんだ、よかった」

ほっと息をついた弟を、お日和がふり返り目を細める。

「でもね、お鷺、博奕の癖って、おいそれとは治らないそうよ。また借財を重ねて、悪党にとり込まれるのが、落ちじゃないかしら」

お日和の物言いは、怪談より怖い。

くるりと向きを変えて、ぞわりとした背中を火鉢に向けた。

同じ頃、長兄と長女は、奥の間で密談を交わしていた。

「そうか、お重さんも同じ心配を……」

「あの男が、江戸に戻ってきたんじゃないかって、肝を冷やしたみたいだね」

「お瀬己は相手の顔を、覚えているか？」

「あたしは自信がないね。もしかしたら、お日和なら……とはいえ、まだ小さい時分に、一度会ったきりだしね」

「私は会ったことすらないし、頼みはやはり、お重さんだけか」

ふうっと牡丹雪を含んだような、長いため息を吐く。

「いままで、影も形も見せなかったんだ。いくら心配しても、とり越し苦労に終わるはずさ」

「それならばいいが……」

師走に入ったその日、いまにも雪が降りそうに、雲は低く垂れこめていた。

鷺（さぎ）と赤い実

朝餉の折に、長女のお瀬己が言い出した。

「今日は誰か行けるかい？　あいにくと、あたしは都合がつかないんだ」

「ああ、蘭十郎の、雪見の会だったわね」

次女のお日和がおっとりと受け、その後に三女のお喜路が続く。

「あたしも駄目なのよ。『とりかえばや静久緒』の稿検めを、今日中に済ませなくてはいけないの」

蘭十郎は、お瀬己贔屓の役者であり、お喜路は人気戯作者に弟子入りし、仕事を手伝っている。

「私も今日は、やめておくよ。訪ねる先が多くてね、帰りは晩になりそうなんだ」

長兄の鵜之介もまた、残念そうに告げる。

「お日和もたしか、用向きがあるんじゃなかったかい？」

「ええ、踊りのさらいがあるのだけれど……」

問うた長女に、お日和が応じる。その先をさらって、鷺之介はきっぱりと宣した。

「だったら今日は、鷺がひとりで行くよ！」

兄と姉三人の視線が、いっせいに末弟に集まり、わずかの間の後に、長女が首を横にふった。

「お鷺ひとりで、出せるわけがないだろ」

「どうしてさ！　最近はひとりで遊びに出掛けるじゃないか」

「往来ならまだしも、あんな寂しい場所に子供がひとりで行くなんて、鴨が葱どころか鯛を背負っているようなものよ」と、お喜路が肩をすくめる。

「だったら、お滝とか姉やとか、誰かと一緒に行くよ。それならいいでしょ？」

「師走はとかく忙しいからね、女中たちもてんてこまいだ。無理をさせるわけにもいかないだろ？」

鶉之介からもあやすように宥められ、ぷくっと両の頬をふくらませた。

「来年で十二になるってのに、どうしていつまでも子供あつかいするんだよ」

鷺之介は気づかなかったが、長兄と長女が、素早く視線を交わし合う。

「踊りのさらいは昼過ぎには終わるから、その後に、あたしと一緒に行きましょ」

お日和ににっこりされて、仕方なく承知したが、頬には不満がたまったままだ。

「鷺だって、たまには母さんと、ふたりきりで話したいのに……」

今日は師走六日。六日は五年前に亡くなった育ての母の、月命日にあたる。

母を慕う五人の子供たちは、誰かしら必ず、お七の墓にお参りする。いつのまにか、それが慣いとなっていた。

店繰りに携わる長兄はもちろん、始終あちこちとび回っている姉たちも、何かと忙しい。そろそろ一人前にあつかってほしいと、思いきって声をあげたが、あっさりと却下された。

やがて上の四人がそれぞれ出掛けてしまうと、いよいよ暇をもてあました。

「五百たちはいまごろ手習所かあ。今日は師匠の都合で手習いは休みだし、何にもすることがないや」

遊び仲間は毎日、手習所に通っているが、鷺之介のところには、逆に手習師匠が通ってくる。姉たちが修める習い事のたぐいも、師匠が家に招かれるのだが、さらいだけはこちらから出掛ける。遊芸の師匠が弟子を集めて、教えた芸を演じさせるのが、さらいである。

師走だけあって店表はもちろん、女中頭のお滝をはじめ、女中たちの動きも慌しい。

ぽつねんとしていると、侘しさばかりが募ってくる。

「そうだ！　越中さんがいるじゃないか。そうだ、そうしよ！」

思いつくと、じっとしていられない。誰の目にとまることもなく家を抜け出して、馴染みの駕籠屋へと走った。

「だからね、鷺ひとりでも、月命日の墓参りは立派にこなせるってことを、兄さんや姉さんたちに知らしめてやりたいんだ」

知らしめてとはまた、大げさな言いようだ。それでも駕籠舁の兄弟は、ふんふんと律義に耳を貸し、快くうなずいた。

「坊ちゃんの心意気は、しかと受けとりやした。ようがす、任せてくだせえ」

「おかみさまの墓は、浅草の恩月寺でやしたね。あっしらの駕籠なら、ひとっとびでさ」

兄の越次郎が己の胸を、どん、とたたき、弟の中五郎も心強く請け合った。

同じ品川町の駕籠屋『小力屋』は、いわば『飛鷹屋』の者たちにとっては、なくてはならない足であり、鷺之介は中でも、越中兄弟の駕籠を贔屓にしていた。

「墓参りなら、線香やら供え物やらも買っていかないと。なあ、兄貴？」

「あの辺は寺町だから、花や線香なら事欠かねえだろ」

「あ、今川橋たもとの、『糖華堂』に寄ってくれる？　母さんはあそこの饅頭が、大好きだったんだ」

お七が亡くなったとき、鷺之介は数え六つだった。優しい声や面差しは覚えているものの、母の記憶は兄姉にくらべると、ごくわずかだ。

糖華堂は、その数少ない、大事な思い出のひとつだった。

品川町から今川橋までは、ほんの六、七町。越中兄弟の駕籠は、人で立て込んだ表通りを避けて、裏道を軽快に進み、やがて龍閑川に出た。

外堀沿いの鎌倉河岸から東に流れるのが龍閑川で、今川橋はこの川に架かっていた。

今川橋のたもとは瀬戸物屋が多く、糖華堂はまるで間借りでもしているように、両脇を瀬戸物屋に挟まれて、申し訳なさげに立っている。

「ちょっと待っていてね」

駕籠から降りて、店へと走った。古くからある菓子屋だそうだが、構えも品もいたって庶民的だ。店先に立つと、馴染みのおばさんが笑顔で迎える。

「おや、飛鷹屋の坊ちゃん、いらっしゃい」

「拳骨(げんこつ)饅頭を、えーと、十(とお)ください」

「はい、十ですね。毎度ありがとうございます。包みは一緒でよろしいですか？」

少し考えて、包みをふたつにした。二個の小さな包みと、残り八個で大きな包み。

「お待たせしました、はいどうぞ。いつもどおり、お代は後で結構ですよ」

たびたび通っているだけに、つけがきく。店を出ると、小さな包みを駕籠昇の弟に渡した。

「はい、これ、越中さんのぶん」

「お、いいのかい？　じゃあ、遠慮なく。いやあ、おれもここの饅頭は好物で」

「気を遣(つか)わせてすまねえな、坊ちゃん。……て、おい、中五郎、いま食うのかよ」

「ふん、ひいはんほ、ふいはほ。ふはいほ」

「なに言ってっか、わかんねえよ！」

両頬を栗鼠(りす)のようにふくらませ、弟はご満悦だ。饅頭の大きな欠片(かけら)を、喉(のど)の奥に押し込んでから、中五郎がたずねた。

「坊ちゃんは、食わねえのかい？」

「うん。鷺は後で、母さんと一緒にいただくよ」

もうひとつの大きな包みは、お供え物だ。墓前で一緒に食べながら、母とゆっくり話がしたかった。

「ほれ見ろ！　仏さまより先に食う奴があるか」

兄がぽかりと、弟の頭を張る。痛そうに顔をしかめたが、すでに拳大の饅頭は、中五郎の腹に収まっていた。指を舐めながら、弟が気づいたように首を傾げる。

「おかみさまが拳骨饅頭を好まれたなんて、案外だな。でかいしごついし、女子供が好みそうな菓子じゃねえだろ？」

「そういえば、母さんも食べきれなくて、鷺や姉さんと分けていたっけ。鷺もまだ、ひとつはちょっと多過ぎて」

拳骨饅頭は名のとおり、大人の拳ほどもある。黒糖を使った茶色い皮の饅頭で、甘く煮た黒豆が丸のまま、饅頭皮のそこここから顔を出している。

何とも武骨な形であり、たしかに母には似つかわしくないのだが、拳骨饅頭を前にすると、母はいつも幸せそうな顔をしていた。

「さっさと腰を上げねえか。日が暮れちまうぞ」

兄にどやされて、弟が後棒にとりつく。駕籠は鷺之介の重みなぞものともせずに、軽やかに浅草へと走った。

浅草は、浅草寺を中心に数百もの寺が林立した、江戸で一、二を争う寺町である。浅草寺の西に東本願寺があり、恩月寺は、新堀川の東岸、東本願寺から橋三つ分ほど南に下った場所にあった。

周辺は各寺の門前町も栄えて賑やかだが、山門から境内に入ると急に静かになる。境内の左手から、本堂を迂回する形で、墓地へと続く道が伸びていた。

「この辺りって、こんなに暗かったっけ……」

空は明るいのに、周囲の雑木林に日がさえぎられ、妙に薄暗く感じる。にわかに腰が引けたが、脇から明るい声がかかった。

「こんにちは！　めずらしいですね、今日はおひとりですか？」

「一寛さん！」

この寺で修行する、顔馴染みの小坊主だった。鷺之介と同じ歳頃で、笑顔は人懐こい。

「今日は兄や姉に代わって、ひとりでお参りに来ました」

「さようですか。まことに結構な心掛けです。仏さまも、さぞお喜びでしょう」

と、両手を合わせて一礼する。互いにすまし顔で挨拶を交わしたが、大人の真似もそこまでだった。一寛の目が、饅頭の大きな包みに吸い寄せられる。

「代わりばえしませんが、いつものお布施です。後でおもちしますね」

「いつもありがとうございます！　この饅頭は好物で……あ、いけない。仏門にある者が、食べ物にとやこう言うものではないと、よく叱られて」

恥ずかしそうに言い訳したが、あれ、と不思議そうに首を傾げた。

「さっき、飛鷹屋さんのお墓に参る方がいて……やっぱり拳骨饅頭をお供えされていました」

「え、誰だろう？　お重おばさんかな？」

「いいえ、旦那風の身なりの方で、てっきり飛鷹屋さんの縁者かと」

母のお七が亡くなって、五年余りが過ぎた。女中頭のお滝や、お瀬己の実母であるお重ならば、たしかに毎月ではないものの、月命日に墓に参ることもある。親戚のおじさんだろうかと首を捻ったが、ぴんとくる顔は思い浮かばない。

「その人、まだいるのかな？」

「いいえ、かれこれ半時ほど前にお参りに来て、すでにお帰りになりました」

それでもにわかに興味がわいて、墓へと急いだ。寺の裏手に広がる墓地は、雑木林に囲まれて、何やら鬱蒼としている。少し奥まったところにある墓へ辿り着くと、たしかに誰かが参った跡がある。墓前にある石造りの線香立てには、線香が立てられて、かなり短くなっていたが、未だ細い煙をあげていた。

そして線香立ての向こうには、竹皮に載った拳骨饅頭がふたつ、供えられていた。

先ほどの一寛と同様に、鷺之介も首を傾げる。

「このお墓にいるのは、母さんだけだよね？　お参りに来たのは、母さんの知り合いなのかな？」

と、独り言のように、墓石の下に眠る母に問いかける。

埋葬のほとんどが土葬であり、火葬はごく稀（まれ）だった。大量の薪（まき）を要する火葬はお金もかかるが、それ以上に、からだを傷つけることを良しとせぬ、儒教の教えが大きかった。死者は武家も庶民も、桶形（おけがた）の棺桶（かんおけ）に収められ土葬された。

故（ゆえ）に、ひとつの墓の下に収まるのは、概（おおむ）ねひとり。

お七の墓も、墓石はそう大きなものではなく、台座を入れても、丈（たけ）は鷺之介と同じくらい。平たい石に、母の戒名（かいみょう）と、その忌日（きにち）が刻まれている。

「お供えがかぶってしまったけど、構わないよね。たんと食べてね」

竹皮に八つの饅頭が並んだ、大きな包みをあけた。すでに供えられた饅頭を左に寄せて、となりに並べる。からだを削りながら、未だ煙をあげる線香の横に新たな一本を立てて、手を合わせた。目を開けて、墓に向かって語りかける。

「母さんに話したいことがあって、今日はひとりで来たんだよ」

拳骨饅頭をひとつ手にとって、半分に割った。一度に食べ切れないほど大きいし、母も昔、よくこうやって、鷺之介に分けてくれた。

ひと口かじると、ほくほくした甘い黒豆と、饅頭皮の黒糖の風味が口いっぱいに広がる。

食べながらしゃべるのは行儀が悪いけれど、母ならきっと許してくれるだろう。口をもぐもぐさせながら、母に語りかけた。

「前に、友達の五百吉（いおきち）の話をしたでしょ、鷺と同い歳の。五百はね、来年の二月で手習いを終えて、お父さんの許（もと）で職人修業を始めるんだって。五百のお父さんは、杼師（ひし）なんだ。杼って知ってる？　機織りのときに、経糸のあいだに緯糸を通す、舟形の道具だよ。通すとカラリと、いい音がするんだ」

　鷺之介は杼というものを、五百吉の家で初めて見た。ひと口に杼といっても、織機によって、あるいは織物によって、幅や長さ、ときには形まで違い、すべてを習得するには、十年はかかるという。十二歳から始めれば、二十歳過ぎには一人前になる。

『他にやりたいことがあれば、好きにして構わないって、父ちゃんは言ってくれたんだ。でも、ずっと傍で見てきたし、おれも父ちゃんみたいになりたいなって』

　そう語った五百吉の姿は、ひどく大人びて見えて、置いてきぼりを食らったような一抹の寂しさがわいた。

「修業を始めたら、これまでみたいにしょっちゅう遊べなくなるし……早く大人になりたいって思ってたけど、大人になるって何だか切ないね」

　母の墓に、ため息を吹きかけた。

「鷺もそろそろ商いを覚えるべきかなって、兄さんにきいてみたけれど、鷺の手習いはあと二年くらいは続くんだって。そろそろ茶の湯なぞも始めてみようかって。大店の息子には、茶の心得が要るんだって。濃茶って苦いし、鷺はあんまり気が進まないんだけどね」

　あれこれと語るうちに、つい愚痴めいてくるのは、いつもの癖だ。四半時は経ったろうか、雑木林に囲まれた空を見上げると、日はほぼ中天にかかっていた。

「じゃあ、母さん、また来るね。次に会うときは、ひとつ大人になっているから、楽しみにしていてね」

もう一度手を合わせ、立ち上がろうとしたが、思わずよろけた。ずっと墓前にしゃがみ込んでいたから、足がしびれてしまったようだ。後ろに倒れ、尻餅をついたとき、左に寄せた饅頭の竹皮の下に、青い色が見えた。

起き上がって、竹皮の片端をめくる。小さい上に、ごく薄い。

「何だろう……？」

青地に波模様の、女物の紙入れだった。紙入れといっても、いわゆる財布ではなく、鼻紙や楊枝などを収める小物入れである。

手にとって開くと、櫛が一枚収まっていた。あれ、とつい声があがる。

金蒔絵の面に、白い鳥と赤い実。鳥には真っ白な貝が嵌め込まれ、赤い実が鮮やかに彩る。

「これって……姉さんたちの櫛に、そっくりだ」

三姉妹の名に因んで母が作らせ、嫁入りのときにもたせるつもりだったが、母はそれを待たずに先立った。死ぬ前に三人の娘を枕辺に呼び寄せて、それぞれに螺鈿の蒔絵櫛を渡したときいている。

お瀬己は鶺鴒に秋草、お日和は鶸に南天、お喜路は雉に梅だった。

前に一度見ただけだが、精緻な彫りと色彩の妙は、ため息が出るほど見事だった。姉たちの櫛とそろいと見紛うほどに、櫛の形や絵柄がよく似ている。

それにもうひとつ、気になることがある。

「この鳥、鷺だ……白い鷺」

まるで鷺之介のための櫛のようで、胸がドキドキする。

櫛の左半分を、優雅に羽を広げる白鷺が占めて、右に描かれた赤い実がよく映える。

「この実は、次姉と同じ南天かな……鷺に南天て、何だかぴんとこないけど」

首を傾げながら、考えた。これはお供えだろうか、それとも忘れ物だろうか。

「こんな高そうな櫛、お墓に供えたりしないよね？　忘れ物なら、お寺さんに預けておけばいいかな」

母に語りかけながら、青地の紙入れに櫛を戻した。行こうとすると、背中から金切り声が降ってきた。

「坊ちゃま！　ご無事でしたか！」

女中頭の、お滝だった。丸いからだが転がりそうな勢いで、鷺之介の許に駆けつける。

「本当にもう、黙っていなくなるなんて！　肝が潰れそうになりましたよ。どうしておひとりで、お参りなんて。せめて一言、仰ってくださいまし」

「みんな、忙しそうだったし……たまには母さんとふたりでって……」

「気づいたら坊ちゃまの姿がなくて、家中探しても見つからない。もしやと思って小力屋に問い合わせたら、越中兄弟の駕籠で出掛けたというじゃありませんか。もしかして一人でおかみさまの墓参りに行かれたのかもしれないと思い至って、ここまで駕籠を走らせてきたんですよ」

愚痴めいた文句を延々ときかされるのには辟易したが、大汗をかいたお滝のようすから、心配の程が察せられる。

「黙って出てきて、ごめんなさい……心配させて、悪かったよ」

素直に謝ると、ようやくお滝は矛を収めた。

「せっかくですから、あたしもお参りさせていただきますよ」

と、墓前に膝（ひざ）をついたが、おや、と声をあげる。

「お饅頭の数が、いつもより多いのですね」

「鷺の前に、誰かがお供えしてくれたんだ。旦那風の男の人が、お参りに来てたって」

え、とお滝の顔が、強張（こわば）った。

「旦那って……坊ちゃまは、お会いになったんですか？」

「ううん、鷺が来るより前に、帰ってしまって」

そうですか、と何故（なぜ）だかお滝は、胸をなでおろす。

「お滝には、心当たりがあるの？」

「いいえ、ございませんよ。さ、坊ちゃま、帰りましょうね。皆が心配していますから」

小さな主人から顔を逸（そ）らせて、そそくさと腰を上げる。

「お滝、お供えのお饅頭を忘れているよ。お寺さんに差し上げないと」

「え？　ああ、そうでしたね」

「もうひとつのお饅頭は、どうしようか？」

「一緒におもちいたしましょ。犬や烏（からす）に荒らされては敵（かな）いませんからね」

お供え物をそのままにしておくと、野犬や狐狸、烏などの餌場となりかねない。お参りが終わったら、家にもち帰るか、お布施としてお寺に差し上げる。もっとも飛鷹屋は、大枚のお布施を寺に寄進しているはずだが、鷺之介は与り知らぬことである。

「小坊主の一寛さんは、このお饅頭がお好きだって。喜んでもらえるなら良かった！　うちでは誰も好まないしね」

飛鷹屋には常時、進物の上等な菓子があふれている。武骨な姿の、いたって庶民的な菓子は、姉たちにはことに受けが悪かった。

「母さんはどうして、拳骨饅頭がお気に入りだったんだろ。何か思い出があるのかな」

お滝はこたえず、鷺之介の手を強く引いて、庫裏へと踵を返した。

「しまった。櫛をお寺に預けてくるのを、忘れちゃった」

お滝にやたらと、帰りを急かされたせいだ。お滝が現れたときに、咄嗟に懐に仕舞って、そのままもち帰ってしまった。気づいたのは、夕刻だった。

「どうしよう、困ったなあ。このままじゃ、猫糞になっちまう。店の誰かに頼んで、寺に届けてもらおうか……」

「お鷺、それは何？」

「三姉、お帰り。ええっとこれは、預かり物で……あっ、ちょっと！」

後ろから伸びたお喜路の手が、素早く青地の紙入れをひったくる。

「女物の紙入れなんて、どうしてお鷺がもっているの？　白状なさい」

「白状なんて、人聞きの悪い。色々と経緯があるんだよ」

「まあ、お鷺のくせに生意気ね。中身は……と、あら？」

弟の言い訳なぞ、端からきく気はない。さっさと紙入れをあけたが、櫛を目にすると、にわかに目を見張る。

「これって……あたしたちの櫛に、そっくりじゃない。母さんから、それぞれ授けられたあの櫛に」

「三姉も、そう思う？　よく似てるよね？」

「似てるというよりも……ちょっと待っていなさい。あたしの櫛と並べてみるわ」

すぐさま腰を上げ、自室にとって返す。戻ってきたお喜路は、梅に雉の絵柄の櫛を手にしていた。すでに日は陰っていて薄暗い。お喜路は行灯の前で、二枚の櫛を重ねてみた。

「ほら、見て。櫛の姿も大きさも、歯の入り具合まで、まったく同じよ」

「本当だ……ぴったり重なるね」

櫛の造作など、どれも似たようなものだと思っていたが、ゆるく弧を描いた櫛の形から、櫛歯の深さや挽き具合まで、どこにも違いがない。

「それに絵柄も、そっくり同じだわ。ほら、螺鈿とは思えぬくらい、鳥の羽の風合が見事でしょ？」

姉の説きように、何度も首をうなずかせる。まるで三姉妹の櫛に続く、四枚目の櫛のようだ。じっくりと確かめて、お喜路は結論づけた。

「おそらくこの櫛は、同じ職人の手によるものね。と言っても、櫛師に塗師、螺鈿師に蒔絵師と、何人もの手がかかっているでしょうけど」

「え、櫛一枚で、そんなにたくさん職人がいるの？」

「あたりまえじゃないの。お鷺の着ている着物だって、糸をとるお蚕師から、染師、機織師、仕立師と、さまざまな職人の手を経て作られているのよ」

偉そうに講釈されたが、際限なく着物を買い漁る姉の口からきくと、何やら有難味が半減する。とはいえ、ひとつの品に多くの職人が関わっていることは、素直に腑に落ちた。

「そういえば、五百のお父さんは、機の杼を作る職人なんだ。道具職人を加えると、もっとたくさんの手がかかっているんだね」

職人を目指す五百吉が、前にも増して頼もしく思えてくる。

「ところでお鷺、これをどこで？」

「母さんのお墓で、見つけたんだ。たぶん、忘れ物だと思うけど」

と、昼間の顚末を語る。

「ひとりでお参りに行くなんて、そうやって背伸びをするところが、まだまだ子供ね」

よけいな一言はついたものの、お喜路の目が、興味深げに光った。

「じゃあ、この櫛は、母さんの墓参りに来たという、商人のものなのね？」

おそらく、と首を縦にふる。

「ねえ、三姉……その人に頼んで、この櫛を譲ってもらえないかな」

「お鷺ったら、櫛が欲しいの？」

「違うよ！　別に櫛が欲しいわけじゃなく……ただ、姉さんたちが、ちょっとうらやましくて。母さんからの心のこもった贈り物なら、鷺も欲しかったなあって」

一見して高価な品だから、もちろん相応の礼は必要だろうが、お金のことは鵜之介に頼むつもりでいた。子供には過ぎた品だろうが、兄ならきっと鷺之介の気持ちをわかってくれるはずだ。

「ほら、ちょうど鷺の名と同じ絵柄だし。南天だから、生まれ月は合わないけれど」

「南天……？」

何かに気づいたように、お喜路が呟いた。鷺を描いた櫛に、あらためて目を落とす。

「どうしたの？　三姉」

「お日和姉さんの櫛にも、南天が入っていたでしょ？」

「うん、次姉は、冬生まれだからね。鷺は春に生まれたから、南天は合わなくて」

「もしかすると、南天ではないかもしれないわ」

「……え？」

「赤い実をつけるのは、南天だけではないでしょ？　千両も万両もやっぱり赤い実だし、あ、知ってる？　百両や十両もあるのよ。他にも……」

と、お喜路は、言葉を切って、しばし考え込む。それからやにわに立ち上がり、風のように座敷を出ていく。鷺之介も、急いで後を追う。向かったのは、お日和の居室だった。

「次姉さん、鶸に南天の櫛を、見せてちょうだいな」

「なあに、お喜路、藪から棒に」

お喜路より前に、踊りのさらいから戻っていたお日和が、のんびりと応じる。

弟がひとりで墓参りに出た経緯は、お滝からきいたようだが、特に咎める真似もしなかった。

「とにかく見せて、確かめたいことがあるのよ」

小首を傾げながら、お日和は箪笥から、桐の小箱を出して妹にわたす。お喜路は桐箱から櫛をとり出して、さっきと同じように、行灯の前で二枚を並べて検分する。

妹の手許を覗き込み、お日和は、あら、と声をあげた。

「この鷺の櫛は、どうしたの？　あたしたちの櫛に、そっくりね」

「また一から説くの？　面倒だなあ」

ぼやきながらも、お喜路に語ったことを、お日和に向かってくり返す。話が終わったとき、お喜路が顔を上げた。

「やっぱり、鷺の櫛に描かれた赤い実は、南天ではないと思うわ」

「南天じゃなかったら、何なの？」と、鷺之介が先を乞う。

「たぶん、七竈じゃないかしら」

「ナナカマド？」

「七つの竈と書いて七竈。材が堅くて腐りにくくて、七度竈にくべても燃えないと、その名がついたのよ」

妹の手許を覗き込み、お日和が腑に落ちない顔をする。

「どちらも同じような実に見えるのに、どうしてこちらが七竈なの？」

「葉がないからよ。ほら、次姉の南天には、葉が描かれているでしょ？」

たしかに、鶸の櫛の赤い実には、葉がついている。対して鷺の櫛は実だけで、葉の姿はなかった。

「南天は、冬でも緑の葉のままでしょ？　千両や万両も、やっぱり同じに葉は落ちない。でも七竈は秋には落葉して、冬にはこんなふうに、裸の枝に実がついたさまになるのよ」

へええ、と感心しながらも、赤い実の名前なぞ、それこそ関心がない。

しかし傍らのお日和は、眉間をしかめてから、用心深く口を開いた。

「もしかしたらこの櫛は、母さんのものかもしれない……お喜路が言いたいのは、そういうことかしら？」

「ええ、あたしには、そんなふうに思えるの」

「母さんの櫛って、どういうこと？」

「七つの竈だと、言ったでしょ。七つと言ったら？」

お喜路に言われて、初めて気づいた。思わず、あっ、と声になる。

「七つはお七……母さんの名だ」

翌日、鷺之介はふたたび、越中駕籠に揺られて、恩月寺に向かった。

「二日続けてとは、坊ちゃん、寺に忘れ物でもしたのかい？」

「うん、まあ、そんなところ」

越次郎にたずねられ、曖昧にこたえた。その後に、中五郎のぼやきが続く。

「またひとりで出掛けて、叱られねえかい？　昨日はおれたちも、お滝さんにこってりと絞られちまったからな。坊ちゃんを、ひとりでほいほい出歩かせるなって」

「越中さんにまで、とばっちりが行ってごめんよ。今日は大丈夫、姉さんたちも承知の上だから」

お日和とお喜路、そして鷺之介は、三人それぞれが駕籠に乗って、三手に別れることにした。お喜路は昨日のうちに、念を入れて弟に段取りを含めた。

「いい？　恩月寺に行ったら、昨日の商人が櫛をとりに戻ったかどうか、確かめるのよ。それから、こう言うの。姉が櫛をたいそう気に入って、譲ってほしいと言っている。値についてはいくらでも応じるから、飛鷹屋に足を運んでもらえまいかと」

「わかった。そう伝えてほしいって、ご住職に言えばいいんだね。で、次姉と三姉は、どこへ行くの？」

「あたしたちは、櫛について調べてみるわ。この七竈の櫛が母さんのものなのか、そして墓参りに来た謎の男は誰なのか。確かめずにはいられないわ！」

興味の赴くままに突っ走る、またぞろ三女の悪い癖が出たようだ。お日和ののんびりした声が、その先を続けた。

「それに、あたしたちの櫛のことも知りたいし。これほどの細工なら、作者や店の名があって然るべきなのだけど……ほら、母さんの手蹟より他は、何も入っていないでしょ」

——鶺鴒のように艶やかな娘へ
——鶸のように愛らしい娘へ
——雉のように凜々しい娘へ
櫛を収めた箱の蓋の裏には、母の手蹟で、娘たちへの言葉がそれぞれ認められている。代わりに銘だの作り手だの、あつかった店の名なぞは記されておらず、母がどこで誂えたのか、姉たちも知らなかった。

「だから親類や目ぼしい小間物屋を当たって、櫛についてたずねてまわるわ」

「あなたは賢しい口ぶりが禍して、親類に嫌われているから。そちらはあたしがきいてみるわ。お喜路は小間物店をお願いね」

お日和は妹に毒を吐きながらも、それぞれ調べがついたら『嵯峨路』に集まるよう弟妹に達する。

「謎の男の方は、お鷺に任せたわ。心当たりがないか、ご住職にもきいてみるのよ」

お喜路からもたいそう気合のこもった発破をかけられたが、姉の本心は透けて見える。

「三姉ったら、謎の男って言いようが、よほど気に入ったんだな。いかにも狂言の仕立てに使えそうな筋書きだもの」

ため息をつく鷺之介を乗せて、越中駕籠は軽快に浅草へと向かった。

「すまんが、何も心当たりはないのう。わしはお七さんとは、仏になられてからのつき合いになるからの」

だいぶお歳を召した住職は、鷺之介にそうこたえた。

「お内儀を亡くされたから、葬式をあげて墓を築きたいと、鳶右衛門さんが当寺を訪ねてきての。飛鷹屋とのご縁は、それが始まりでな」

御上は寺請制度を敷いている。寺の檀家となることで切支丹ではないとの証しになり、代わりに相応の布施を代々納めて、寺を支える役目を果たす。

「鳶右衛門さんは安房の出でな。菩提寺も生国にあったのだが、お内儀が亡くなった折に当寺の檀家となられた。お子たちのためにも、お七さんの墓は近くに置きたいと申されてな」

「父さんが、そんなことを……」

年中、船に乗り、妻や子供のことなど顧みることのない父だけに、鷺之介には意外に思えた。

「昨日、墓参りに見えたという御仁にも、心当てはなくてな。会うたのは、この一寛だけのようだ」

住職の傍らには、小坊主の一寛が膝を揃えていた。

「昨日、お参りに来てからは、お見掛けしておりません」と、律義にこたえる。

「歳はいくつくらいかな？　他に何か覚えがあれば、教えてください」

「歳の頃は……たぶん四十くらいかと。覚えているのは、羽織くらいで……仕立てが凝ってて、墨色の地のところどころに、鼠色の太縞が散ってました。あれはおそらく絞り染めです。裏地もちらりと見えましたが、大きな雪輪紋の柄でした」

「一寛は、染屋の息子でな。着物の色柄に詳しいのだ」と、住職が目を細める。

そういえば、と何かに気づいたように、一寛は丸い坊主頭を左に傾けた。

「上物の羽織を身につけているのに、口ぶりは伝法で……ちょっとちぐはぐに思えました」

境内の灯籠を浄めていた折に、一寛は声をかけられた。

『飛鷹屋お七さんの墓は、こちらで間違いねえですかい？』

一寛は、男を墓まで案内した。拳骨饅頭を供えるのを見て、飛鷹屋縁の者かと合点したという。

「見掛けは旦那風で、口ぶりは伝法？　たしかにぴんとこないね」

「木場の旦那衆ではないかの？　連中は羽振りも威勢もいいからの」

住職の見当に、なるほど、とうなずいた。深川木場に集まる材木問屋は、それこそ万両店がごろごろしているが、いたって気風がいい。

「もしその方が見えたら、お言付けください。お忘れ物は、飛鷹屋でお預かりしていますって」

お喜路から授かった口上を住職に伝えて、座敷を辞した。

「木場の旦那衆を、一軒ずつ当たるわけにもいかないし。結局、手掛かりなしかあ」

庫裏を出ると、ため息が出た。謎の男は、謎のままだ。

のろのろと山門に向かう途中で、後ろから一寛の声がとんだ。

「拳骨饅頭、ありがとうございました！　とっても美味しかったです」

満面の笑みを浮かべ、鷺之介に向かって、ぺこりとお辞儀する。

「饅頭……そうか、手掛かりは、もうひとつあるじゃないか」

山門に向かって駆け出し、石段をとぶように下りた。駕籠舁の兄弟のもとに辿り着く。

「越中さん、お願い、帰りに糖華堂に寄って！」

何を慌てているのかと、不思議そうに顔を見合わせながらも、ようがす、と兄弟は快く請け合った。


「木場の旦那衆が、饅頭を買いに来たかって？　さあ、どうだったかねえ」

今川橋たもとの糖華堂に着くと、鷺之介は勢い込んでたずねたが、店のおかみは面食らった顔をした。

「木場の旦那衆じゃなく、みたいな人だよ。上等の羽織を着て、見掛けは旦那風だけど、口ぶりが伝法で、四十くらいのおじさん。昨日、鷺が来るより半時ほど前に、拳骨饅頭をふたつ買ったはずなんだ。おばさん、覚えてない？」

懸命に説いたが、同じ年恰好（としかっこう）のおかみは、思い当たる節がないようだ。

「うちはこのとおり、ざっかけない店だからね。お客はもっぱら振り売りや人足（にんそく）、職人や奉公人……そういや、お店の旦那なら、奉公人に買いに行かせるものじゃないかい？」

言われてみれば、たしかにそのとおりだ。せっかくの手掛かりも、あえなく潰（つい）えたか。思わずがっくりと肩を落としたが、そこに救いの手が差し伸べられた。

「上物の羽織を着たお客なら、昨日来たじゃないの、おっかさん」

お日和やお喜路と同じ年頃の、この屋の娘だった。母と一緒に、よく店に立っている。

「ほら、おっかさんが、懐かしそうに長話をしていた」

やや間を置いて、ああ、とおかみが声をあげる。

「あのお人は、昔うちを贔屓にしてくれていた職人だよ。この近くに住んでいて、三日にあげず拳骨饅頭を買いに来ていた。会うのはかれこれ十年ぶり……いや、もっとかね？　そういや、すっかり見違えちまって、わからなかったよ。旦那ってのは、あのお人のことかい？」

「その人の着ていた羽織って、墨色に鼠色の太縞？　縦横の縞じゃなく、ところどころに縞があって……ええっと、あとは何だっけ？」

着物の色柄にさほど詳しくないだけに、説きようが覚束（おぼつか）ない。それでも娘の方が、大きくうなずいた。

「そうそう、右袖（そで）の口とか、左袖の肘（ひじ）の辺りとか、てんでに太い鼠色が走っていて、粋（いき）な羽織だなあってながめていたのよ」

一寛と娘のおかげで、どうにか話が繋がった。

「その人の、名や住まいはわかりませんか？」

「いまは、京に住んでいるそうだよ。久方ぶりに江戸に来て、うちの饅頭が食べたくなったって。そういや饅頭は、ふたつじゃなく四つ買っていきなすったよ」

好物というなら、ふたつは食べて、ふたつを供えたのかもしれない。

「ええっと仕事は、何の職人だったかね。塗師だったか錺師だったか……ともかく、細工のたぐいだったと思うんだがね」

「おっかさんたら、頼りないわね。ご贔屓さんだったんでしょ？」

「一度きいただけだから、忘れちまったんだよ。でも、名はちゃんと覚えているよ」

おかみが発した名に、びくりとからだが震えた。

「おばさん、いま何て……？」

「佐木蔵というんだよ。坊ちゃんとは字が違ってね。人偏に左の佐に、木に蔵と書くんだ」

あまりききかぬ名だけに、字をたずねたことがあると、おかみは快活に語った。

鷺と音が同じなのは、ただの偶然のはずだ。なのにどうしてだろう、胸がドキドキする。

胸に手を置いて鼓動をなだめ、おかみを仰いだ。

「その人、いまはどこに？　何かきいてる？」

「おそらく、どこかの旅籠じゃないかね。江戸で用を済ませたら、京に帰るそうだから。二、三日のうちには、江戸を立つと言っていたよ」

「お饅頭を買いに、もういっぺんここに来るかな?」

「どうだろうねえ……言付けがあるなら、預かっておきますよ」

鷺之介は筆を借りて、紙の切れ端に短い文を書いた。

『鷺と七竈の櫛を、預かっています。とりに来てください。日本橋(にほんばし)品川町・飛鷹屋鷺之介』

結び文にして、おかみに渡した。

「もしもその人が来たら、これを渡してください。お願いします」

「わかりました。きっとお渡ししますよ」

おかみは快く請け合ってくれたが、越中駕籠で品川町に運ばれるあいだも、胸のドキドキは消えなかった。


「あ、しまった。『嵯峨路』で姉さんたちが、待ってるはずだ」

家の脇で駕籠を降り、遠ざかる越中兄弟を見送りながら思い出した。

姉たちは、戻っているだろうか。何か成果はあったろうか。謎の男の名を摑(つか)んだのだから、少し褒めてくれるだろうか。

「いらっしゃいまし。お嬢さまたちも先ほどいらっしゃって、鶴(つる)の間でお待ちになっておりますよ」

嵯峨路へ着くと、馴染みの仲居が愛想(あいそ)よく迎え入れてくれたが、胸の鼓動に邪魔されて、耳に入ってこない。大きな中庭を囲む形で、座敷が配されていたが、鶴の間だけは外れていて、渡り廊下の先にある。

勝手知ったる店であり、女中の案内を断って、ひとりで渡り廊下を行った。

「佐木蔵、鷺之介……鷺と、七竈……。あの櫛は、母さんと鷺じゃなく、もしかしたら……」

ぶつぶつと呟きながら廊下を渡り、鶴の間に入ったが、手前の控えの間で足が止まった。考えがまとまらず、姉たちと顔を合わせるのが、少し怖い。しばし躊躇（ためら）っているうちに、お喜路の鋭い声が襖（ふすま）越しにきこえた。

「これ以上、櫛に関わるなって、どういうこと？　何かわかったのなら、教えてちょうだいな、次姉さん」

相手はお日和だろうが、よくきこえない。襖の前にしゃがんで、そっと耳をつけた。

「母さんの兄妹は、誰も心覚えがなかったけれど、思い立ってお重おばさんのところに行ったの。おばさんはたぶん、知っているわ。櫛のことも、墓参りに来た男のことも。でも、何も教えてくれなかった」

「それですごすごと、退（ひ）いたというわけ？　次姉さんらしくないわね」

しばしあいた間（ま）は、お日和の迷いや戸惑いだろうか。

「お鷺のためだと言われたわ。すべてを知れば、お鷺が傷つく。お鷺を守るために、一切を忘れてくれと」

「それは……お鷺の出自と、関わりがあるの？」

お日和は何もこたえない。やまない鼓動がいっそう大きくなり、耳鳴りのようにドクドクと響く。

「あたし、覚えているのよ。お鷺が飛鷹屋に来た日のことを」

「お喜路……」

「まだ五つだったけど、ちゃんと覚えてる。夜中に赤ん坊の泣き声がして、母さんが夜着を羽織って出ていった。あたしもその後を、ついていったのよ。母さんは潜り戸から外に出て、少ししてから戻ってきた。腕に赤ん坊を抱いて……あの赤ん坊が、お鷺よね？」

からだが支えきれず、前のめりになった。手をついた襖が、がたりと大きな音を立てる。

内から襖があいて、弟を認めるなり、お喜路が青ざめる。

「お鷺……いまの話……」

棒立ちになったお喜路の向こうに、口許を手で覆ったお日和が見える。ふたりに向かって、喘ぐように問うた。

「鷺は……捨子なの？　家の前に捨てられていたのを、母さんに拾われたの？」

「どうしよう……お鷺、違うのよ。あたしは、こんなつもりじゃ……」

「鷺は、父さんの子供じゃないの？　兄さんや姉さんとも、兄弟じゃないの？」

「お鷺、落ち着きなさい。ともかく中に……」

「鷺は、どこの誰なの？　教えてよ！」

差し伸べられたお喜路の手を、叩くようにふり払い、鷺之介は走り出していた。

とりどりみどり

目が覚めたとき、見慣れない天井が真上にあった。

ぱちぱちと瞬きしたが、どうしてだかまぶたがうまくもち上がらない。

「ここ、どこ?」

風邪を引いたように、すかすかの声しか出てこない。

ひょいと馴染んだ顔が、鷺之介を覗き込んだ。

「おはよ、鷺、目が覚めた? ああ、やっぱり目が腫れちまったな」

仲良しの五百吉だ。いつ遊びにきたのだろう? いや、ここはそもそもどこだろう?

靄がかかったように頭が働かず、いろんなことがうまく繋がらない。

「さっちゃん、遊ぼ。うわあ、その目、おっきな蚊に刺されたみたい」

ぼすん、といきなり布団に乗っかったのは、五百吉の妹だ。

「おつき、遊ぶのは後な、鷺は寝起きなんだから」

「嫌だあ! さっちゃんと遊ぶんだもん」

鷺之介は起き上がって、周りを見回した。見慣れない家だが、見覚えはある。

二間きりの間取りは、奥が畳で表が板間、狭い土間には煮炊きの湯気が立ち上る。

五百吉の家だと、ようやく察した。

「ああ、そうか……昨日、泊めてもらったんだ」

駄々をこねるおつきの声で、土間で煮炊きをしていた五百吉の母親がふり返った。

「鷺坊は起きたのかい？　なら、顔を洗っといで。すぐに朝餉にするからね」

「うん、おいでよ、鷺。手拭はおれのを使って」

五百吉に連れられて、長屋の井戸へ行く。顔を洗うと、水の冷たさに頭がしゃきっとして、昨日のことも思い出した。

「ごめん、五百……迷惑、かけて……」

「嫌だな、いまさら水くさい。困ったときは、お互いさまだろ」

耳に馴染んだその言い回しが、こんなにも心から身にしみたことはない。

昨日、料亭の『嵯峨路』をとび出して、鷺之介は家に戻る道を辿らなかった。

悲しくてならないのに、涙が出なかった。怖さの方が、勝っていたからだ。後ろから、何か怖いものが追いかけてくる――。そんな思いにかられて、ひたすら駆け続けた。

日本橋から北に延びる表通りを突っ切って、浜町の方角に向かった。目指したのは新大坂町にある、五百吉の家だった。鷺之介の足では少し遠い道のりになるが、何度か訪ねたことがある。

迷わず辿り着いたものの、汗みずくで息を切らせた姿に、五百吉はびっくりしていた。

「鷺、どうした、何があった？　もしかして、人さらいか」

五百吉の顔を見るなり、どっと涙があふれてきた。五百吉にしがみつき、声が嗄れるまで鷺之介は泣き続けた。

そのまま泣き疲れて、眠ってしまったようだ。

「あのさ、昨日おれ……何か言ってた？」

「覚えてないのか？」

「ここに来て、五百吉の顔を見たとたん気が抜けて、わあわあ泣いちまったのは覚えてる……いま思うと、すごく恥ずかしい」

「気にすんな。泣きながら何か言ってたけど、よくわからなかった。ただ、『うちにはもう帰れない』って、それだけはくり返してた」

「そうか……」

飛鷹屋には、もう帰れない——。

鷺之介は、飛鷹屋の子供ではなかった。父とも、大好きな兄とも三人の姉とも、血が繋がっていない。里子ならまだしも、飛鷹屋の前に置かれていた捨子であったのだ——。

昏い物思いの淵に、ふたたび引きずり込まれそうになったが、ぱん、と背中をたたかれて我に返った。

「朝飯、食べよ。昨日、夕飯も食べないで寝ちまったから、腹減ってるだろ？」

父親の弐吉も加わって、一家四人とともに朝餉の席についた。

炊き立ての飯に、豆腐と油揚げと葱の味噌汁。納豆に、蕪の甘酢漬け。

飛鷹屋の膳にくらべると、いたって質素な朝餉だが、とても美味しかった。空腹に加えて、一家の気取りのないもてなしのおかげかもしれない。

「鷺坊、お代わりは？　味噌汁も、まだあるからね。遠慮せず食べておくれよ」

「じゃあ、もう一膳、いただきます。あの……すっかりご馳走になって……」

「母ちゃん、蕪漬けはもうないの？　あたし、もっと食べたい」

「蕪はないけど、沢庵ならあるよ。待っといで、いま切ってくるから」

「朝飯に納豆がつくなんて、久しぶりだな。鷺坊、飛鷹屋さんでも、朝餉に納豆を食べるのかい？」

「はい、時々……あの、おじさん、すっかり迷惑かけちまって……」

「ああ、千坊が泣いちまった。お乳をあげないと……五百、こっちを頼めるかい」

「わかった。鷺も沢庵、食べるよね？　味噌汁もよそおうか？」

五百吉の両親に、詫びやら礼やらを告げようと試みたが、朗らかな喧騒にたちまちかき消される。

仲良く膳を囲む一家の姿は、安堵とともに一抹の寂しさを、鷺之介に感じさせた。

「鷺もこんな家に、生まれたかったたな……」

口の中で呟くと、言葉とは裏腹に、飛鷹屋の朝餉の風景が浮かんだ。

『このブリの照り焼きは、ちょいと塩辛くないかい？』

『味がなんだか、野暮ったいわね。もう少し、砂糖を利かせてほしいわ』

『はいはい、お嬢さま方。勝手の者には、そのように伝えておきますよ』

『そうかい？　私はこのくらい濃い目の味が好きだがね』

『鷺も！　ご飯が進むもの』

『お鷺は何でも、鵜之兄さんと同じがいいんでしょ』

つい昨日の、朝のやりとりなのに、まるで遠い昔のことのようだ。

苦手な姉たちですら、妙に懐かしく思い出され、大好きな兄の笑顔が浮かぶと胸がいっぱいになった。箸をもつ手が膝に落ち、あんなに泣いたのに、膳の景色がぼやけてくる。

「ごめんくださいまし」

と、戸口の外から声がかかり、はっと顔を上げる。

土間にいた五百吉が、内から戸を引くと、兄の鵜之介が立っていた。


「急にいなくなったから、心配したよ。ことにお喜路は、たいそう気を揉んでいた」

二度と飛鷹屋の敷居はまたげない——。そう決心していたのに、兄の顔を見ると、我ながら情けないほどに、あっさりと陥落した。兄に促され、ともに五百吉の家を出る。

「昨晩、おまえが眠ってから、弍吉さんが知らせに来てくれてね。どんなに安堵したことか。すぐに迎えにいこうかとも思ったが、よければ明日の朝まで預かると、弍吉さんが言ってくれてね」

五百吉の父親の厚意に、甘えることにしたと鵜之介が語る。

兄は両親と五百吉に、心からの感謝を伝え、携えてきた菓子折りを渡しながら、また改めてお礼に伺(うかが)うと述べた。

「鷺之介、家に帰る前に、少し話をしようか」

「……鷺が捨子だって、兄さんも知っていたんだね」

自(おの)ずと足が止まり、下を向いた。鵜之介は、弟の前にしゃがんで、両の肩に手を置いた。

「おまえは、捨子なんかじゃないんだ」

「いまさらそんな嘘(うそ)、ききたくない！」

「嘘じゃない。少なくともおまえと私は、ちゃんと血が繋がっているんだよ」

滲(にじ)んできた涙を、瞬きで払う。目の前にいる兄を、じっと見詰めた。

「兄さんと、兄弟……？　って、どういうこと？」

「おまえと私は、母親が同じなんだ」

「え？　それって……」

「おまえを生んだのは、お七(しち)母さんだ」

昨日、姉たちの話を立ち聞きしたときは、天地がひっくり返ったように思えた。

その逆さまの世界が、もう一度、ぐるりとでんぐり返った。

「お鷺が、お七母さんの子供って……どういうこと、長姉さん？」

同じ頃、お喜路は長女のお瀬己から、同じ事実を告げられていた。

「だから、お鷺はあたしたちとは血の縁はないけれど、鶉之兄さんとは実の兄弟ってことだよ」

「いいえ、肝心なのはそこじゃなくて、どうしてそのことを内緒にしていたのよ？　あたしはともかく、当のお鷺にまで」

「お喜路は頭がいいくせに、こういうことには鈍いわね。お鷺の父親が、父さんではないからよ」

「え……それって、次姉さん、まさか……」

「つまりお鷺は、いわゆる不義の子というわけよ」

「ちょいとお日和、もうちっと、いい方ってもんがあるだろう」

お瀬己が顔をしかめる。お喜路は驚いたものの、たちまち目を輝かせた。

「不義だなんて、なんて素敵な響きなの！　戯作の仕立てには、もってこいじゃないの。詳しくきかせてちょうだいな」

「詳しくと言われても……草津に行ってみたら、母さんが産気づいていて……」

「どうしてそこまで話がとぶのよ。相手が誰で、どういう経緯なのか、まずはそこから始めてもらわないと」

「順よく語るなんて、そもそも長姉さんには無理な話よ」

「それじゃあ、語り手は次姉さんに務めてもらうわ」

「あたしもお喜路と同じ、何もきかされちゃいないもの。ただ、相手の男は、たぶんあの人だと思うわ」

「だから、あの人って誰よ。もったいぶらずに教えてよ」

椋鳥(むくどり)の止まり木さながらの騒ぎに、廊下から鋭い声がとんだ。

「いい加減におしよ、騒々しい！　何のために人払いをしたと思ってんのさ。そんな声を立てられちゃ、外まで筒抜けじゃないか」

お瀬己の母の、お重(じゅう)である。鷺之介の出生の経緯を知るひとりであり、姉妹はお重が住まう深川(ふかがわ)の仕舞屋(しもたや)を訪ねてきた。他人の耳をはばかる話だけに、お重は女中に小遣(こづか)いを与え、昼まで好きにしていいと外に出した。

「お重おばさんが一切を語ってくれるなら、大人しくしているわ。長姉さんじゃ、語り手としてはまったく役に立たなくて」

「仕方ないだろ。あたしは子供だったから、あちこちうろ覚えなんだよ。あたしからも頼むよ、おっかさん。お喜路にせっつかれて、くたびれちまってさ」

「あたしもぜひ伺いたいわ。お願いします、お重おばさん」

お喜路に続き、お瀬己やお日和にも乞(こ)われて、お重もとうとう降参した。

「この話だけは、二度と口にせず、墓までもっていくつもりだったんだがね」

十年前の春のことだと、お重は話し出した。

三月初めに咲いた桜が散って、躑躅の花が開いた頃だった。

お重は訪ねてきたお滝から、お七が病に伏したときかされた。

「かれこれ半月ほどになりますか。いっこうによくなる気配がなくて……」

「お医者には診せたんだろうね？　滋養のあるものを食べて薬を飲めば……」

「それが……願をかけて薬断ちをなすったそうで、いくら私どもが勧めても薬を飲んでくれません。食も細くなる一方で、みるみる痩せておしまいになって」

お滝は病状を説きながら、目に涙を浮かべる。

「すぐにでも見舞いに参じたいところだけれど、あたしなんぞが顔を出しちゃ、かえって障りになるだろうし……」

「いえ、実はおかみさまが、お重さまにお会いしたいと仰いまして、お迎えにあがりました」

そういう話なら否やはない。お重はお滝とともに飛鷹屋に赴き、お七を見舞った。

青白い顔をして、げっそりとやつれたお七は、頼みたいことがあると弱々しくお重に言った。

「もし、私に何かありましたら……お重さん、子供たちのことをお願いします」

「よしとくれよ。たった半月寝付いたくらいで、何を弱気なことを」

「本当は、旦那さまの後添いにはあなたが望ましい……ですが飛鷹屋は、お重さんには窮屈でしょう。そこまで無理は申しませんから、子供たちを気にかけていただきたいのです」

薬を断って、食も進まない。何より当人が弱気になっていては、病に負けてしまう。どうにかして、お七を元気づける手立てはないか。懸命に考えて、お重は妙案を思いついた。

「おかみさま、あたしと一緒に、草津に参りませんか？」

「……草津？」

「あたしの兄が、草津の湯治場で働いておりましてね。天下の三名泉のひとつだけに、年中たいそうな賑わいだそうで。一度、湯に浸かりにこいと、誘われておりましてね」

上州草津の湯は、湯量、効能ともに最上とされ、室町の頃から有馬温泉、下呂温泉とともに三名泉とされていた。江戸で出回っている温泉番付でも、最高位たる大関から外れたことがない。

飛鷹屋の内儀としての務めに加え、親身に子供たちを世話している。顔には出さないが、苦労や気疲れは並大抵ではなかろう。いっときでも飛鷹屋を離れ、湯治場で養生すれば、弱ったからだや気持ちが、少しは引き立つのではないか。

「ああ、でも、草津は辺鄙な山奥にあって、道のりも険しいとききました。旅がからだに障っては元も子もない。もうしばらく養生なすって、からだが達者になってから……」

「いいえ、参ります……すぐにでも」

「おかみさん……」

「お願いします、お重さん。私を草津に連れていってくださいまし！」

布団から伸びた手が、思いがけぬ力強さで、お重の手をしっかりと握った。お七の目を見て、お重はぞわりとした。

何もかも諦めたような暗い眼差しに、強い光が灯っていた。希望のようでもあり、狂気のようでもある。谷底へ落ちていきながら、たった一本の細い綱が手に触れた。その綱に死に物狂いでしがみつくような、なりふり構わぬ足掻きを思わせた。

物柔らかで上品なお七に、これほどまでに激しい一面があったのか——。

お重はひどく戸惑いながらも、それまでどこか人形めいていたお七に、血が通ったような気がして、好もしく感じた。

「わかりました、おかみさま。ともに草津へ参りましょ。その代わり、きっとからだを治してくださいましよ」

お七の白い手を両手で包み、お重は力強く請け合った。


お滝はもちろん、番頭や親類も止めたが、お七の決心は固かった。

主人の鳶右衛門は海の上におり、他に内儀を止められる者はいなかった。

「お重さま、くれぐれもおかみさまをお頼申しますよ」

「駕籠はできるだけゆっくり走らせて、少しでも具合が悪ければ休ませます。日数がかかっても、おかみさまのからだが何より大事ですからね」

「お重さまのお気遣いは承知しておりますが、どうにも心配でなりません。やはりあたしもご一緒した方が……」

「お滝さんには、子供らの面倒を見てもらわないと。とりわけお瀬己は厄介をかけるだろうが、お願いしますね」

当時、飛鷹屋にいた子供は三人で、お喜路はまだ実母のもとにいた。

十三歳の鵜之介と、十歳のお瀬己、そして七歳のお日和である。長男の鵜之介は、母と離れる心細さを我慢して健気に送り出し、お日和も当時はまだあどけなく――もとい毒を吐く性質は表からは見えておらず、特に騒ぐこともなかった。

たっぷり三人分、ごねて喚いて抗ったのは、お瀬己である。

「嫌だ！　あたしも行く！　母さんとおっかさんが行くなら、あたしも行くんだ！」

それでも子供の力ではどうにもできず、お滝の太い腕に押さえられて、わあわあ泣きながら遠ざかる二挺の駕籠を見送った。

上州草津へは、中山道を辿る。板橋宿がいわば玄関口であり、武州の大宮、熊谷を抜け、上州に入り高崎宿に至った。中山道六十九次のうち、江戸から数えて十三番目の宿となる。このまま中山道を西に進めば、碓氷峠に設けられた碓氷関所があるのだが、高崎宿からは道を北に折れて、三国街道に入った。高崎から中山峠を経て、三国峠に達する道だが、中山峠に至る前に、分かれ道を西に行く。この道が、草津街道であった。道は険しさを増し、そのぶん揺れる。お重は内儀を気遣って、何度も駕籠を止めさせた。

「大丈夫ですか、おかみさま？　草津までは、もうすぐですからね」

駕籠を覗くと、お七は真っ青な顔で口許を押さえていた。耐えきれなくなったのか、駕籠を出て道端にしゃがみ込み、苦しそうに嘔吐いた。ろくに食べていないから吐くものすらなく、辛そうに肩で息をする。

お重はその姿を、痛ましい思いでながめていた。ようやく吐き気が治まると、お七を休ませるために道から少し外れて、大きな木の根に並んで腰を下ろした。

ともに旅をして、気づいたことがある。最初はまさかと思ったが、旅を続けるうちに、しだいに確信に変わっていった。

「おかみさま、もしや……お腹にややが、いるのでは？」

見えるのは杉林ばかりで、まるで緑の穂を頂いて、槍が林立しているようだ。

しばしの間があいたが、樹上で鋭く鳥が鳴き、促されたようにお七はこたえた。

「お互い、子を産みましたから……お重さんには、いずれ知られると覚悟していました。いえ、知ってほしかったのかもしれません」

「産婆には、行ったのですか？」

「いいえ……でも二月の初めを最後に、月のものが止まって、やがて飯や油の匂いを厭うようになりました。鵜之介のときも同じでしたから……」

「医者からは、何と？」

「悪阻ではないかと疑っていましたが、それだけはあり得ないと言い張りました」

お重は、真実を暴きたかったわけではない。逆にその真実が明るみに出るのを恐れていた。

鳶右衛門は去年の暮れに戻ったが、正月の松の内が過ぎてすぐ、また船で江戸を立った。二月初めに月のものがあったなら、鳶右衛門の子であるはずがない。

「草津に着いたら、すべてお話しします。この子の父親のことも、こんな始末に至った経緯も」

「そんなこと、どうだっていい！　どうしてこんな無茶をしたんだい！　いまがいちばん大事な折だと、わかっていたはずだろう？」

五月(いつつき)になるまでは、子が流れやすい。旅の最中に流産に見舞われれば、母親の命すら危(あや)うくなる。

「そうなっても仕方がないと……腹を括(くく)って旅に出ました。私やこの子に何かあったら、それは天罰にほかなりません」

あのときの、お七の目を思い出した。希望と狂気がないまぜになった、狂おしいほどの激しさが、瞳(ひとみ)の中に瞬(またた)いていた。

「天罰だって？　嘘をおつきじゃないよ。だっておかみさまは、何も諦めていないじゃないか。足掻く気になったからこそ、ここまで来たんだろ？」

諦めた者は、あんな目をしない。草津という江戸から離れた遠い地なればこそ、お七は一条の光を見出(みいだ)したのだ。

「そのとおりです……草津ときかされたとき、とんでもない思案がよぎりました。己(おのれ)の正直な願いに、初めて気づきました」

妻の密通は許されざる罪であり、夫が訴え出れば、妻は死罪、相手の男は獄門となる。ともに死罪ではあるのだが、男の方が罪が重くなる。心中を含めた男女の悪事は、女は男の従犯と捉えられるからだ。

ただし騒ぎ立てれば夫の恥となり、妻を死に追いやるのはあまりにも寝覚めが悪い。御上に訴えるのは、ごくごく稀なことで、大方は詫び料をとって内済とした。

「最初は、密かに子を堕ろそうと考えました。ですが、まもなく悪阻が始まって……まるでこの子に、責められているように思えました」

心労が重なったためか、長男を懐妊した頃よりも悪阻は重く、このまま母子ともに儚くなれば、多少の免罪になろうかと、後ろ向きの考えばかりが浮かんだ。

どのみち事が明らかになれば、お七は飛鷹屋を出される。子供たちの先々だけが心残りでならず、後事を頼むつもりでお重を呼び寄せた。

そして草津ときいたとき、一縷の望みが芽生えた。一縷とは、一本の細い糸筋——お七はその糸の端を握りしめ、ここまで辛い旅を続けてきたのだ。

「旅を通して、思い知りました。この子は、生きようとしている。私は母として、この子にまっとうな生を授けたい。人に後ろ指を差されることのない、明るい道を歩ませたい」

「おかみさま……」

「だってこの子は、十二年ぶりに私に宿った命なのですから！」

お七の熱に当てられて、火照っていた頬が冷え、背筋がぞっと粟立った。

お腹の子への執着は、お重を含めた三人の妾と、そして夫の鳶右衛門への恨みの裏返しだ。数え十三の鶴之介を産んで以来、十二年ぶりにお七は懐妊した。母としての役目しか与えられず、夫は年に一、二度しか帰らない。嫉妬も情念も悲嘆もすべて、慈愛の中に用心深く包み込み、表には決して出さなかった。

これはいわば、夫と妾への復讐であり、そのひとりたるお重を巻き込もうとしている。

おそらくお七自身は、そこまでの自覚はなかろう。お重を信頼したからこそ弱みを明かし、助けを乞うたのだろうが、お重の胸は憐れみとすまなさでいっぱいになった。

「おかみさま、まずはその子を無事に産んであげないと」

「お重さん、それでは……」

「つつがなく産み月を迎えられるよう、あたしと兄がお助けします」

「恩に着ます、お重さん……よろしくお頼申します」

お重に拝み手をして、お七は涙をこぼした。

「草津でのことを思い返すと、いまでも冷や汗が出るよ。あんな綱渡りみたいなことが、よくもやり果せたものだとね」

草津に着くと、しばらくはお重の兄が働く旅籠に宿をとり、表向きは養生に努めた。そして五月を過ぎて腹が目立つようになると、宿場の外れに仕舞屋を借りて引き移った。

湯治とは、長の滞在があたりまえで、三月や半年といった長逗留の湯治客もいる。

お七はまめに便りを書くことで、草津での滞在を引き延ばした。

草津の湯のおかげで、少しずつ快方に向かっている。ここはじっくりと湯治に専念した上で、元気になって江戸に戻りたい――。

その頃はお滝より年嵩の女中頭がいて、奥向きの仕事はこの女中頭に託し、鶉之介の乳母であったお滝に子供たちの世話を頼んだ。

また番頭を通して、遠い地にいる鳶右衛門にも飛脚で文を送り、その許しを得て、七月以上ものあいだ、この地に留まった。

三人の子供たちにも、折々に文や土産物を届けて機嫌をとったが、その程度では子供の寂しさは埋まらない。ことにお瀬己は、日が経つにつれて不満を募らせていった。

「まさか子供たちが、冬の最中に草津まで来るとは思わないじゃないか」

お重はやれやれとため息をつき、眉間を中指で押さえる。

「子供たちって……」と、お喜路がちらりとお日和に視線を送る。

「あたしじゃないわ。長姉さんに巻き込まれたのは、鶉之兄さんよ。あのときの長姉さんのごねようときたら凄まじくて。兄さんもお滝もすっかり参っていたわ」

お滝はとうとう根負けして、鶉之介とお瀬己の草津行きと、その同行を承知した。

「次姉さんは、行かなかったの？」

「寒い最中に旅なんてご免だわ。あたしは子守りの姉やと、江戸に残ることにしたの」

たった七歳でも、自我がはっきりしているところが、実にお日和らしい。

　三人が草津に着いたのは、十月の末だった。中山道を進むごとに景色は鄙びていったが、農閑期の百姓などで、湯治場は意外なほどに賑わっていた。

「お滝がふたりを連れて、草津までやってきたと知らされたときは、本当に肝を潰したよ。なにせおかみさまは、産み月を翌月に控えていたからね」

　産婆の見立てでは、臨月は十一月。おそらく末頃だろうと達されていた。お七の腹は大きくせり出しており、こんな姿を見られては、これまでの苦労が水の泡だ。

「おかみさまは、ここよりもっと山奥の、湯治場に出掛けていなすってね。ひと月ほどで戻るだろうから、この宿で待っていておくれ」

　お重は三人を、兄の働く旅籠に留めて、その方便を貫こうとしたが、折悪しくそのときに、お七が産気づいたとの知らせが入った。

　知らせにきたのは、お重とともに仕舞屋でお七の世話をしていた、兄の女房である。

「お重さん、すぐに戻っとくれ。おかみさまが……」

「え……だって、まだひと月も早いじゃないか」

　産婆の見立てが狂うことはめずらしくはないのだが、ひと月早い産気に、お重も義姉も慌てていた。

「おかみさまが、どうしたのです？　ひと月早いって、何の話です？」

　何があったのかと、お滝は動揺し、それ以上に、ただならぬ気配に当てられたのは子供たちだ。

「おっかさん！　お七母さんがどうかしたの？　ねえ、何があったの？」

「もしかして、母さんの具合が悪くなったの？　お願い、お重おばさん、母さんに会わせて！」

お瀬己は掴（つか）んだ袖（そで）を離そうとせず、鵜之介には涙目で懇願される。

万事休すとは、このことだ。お重は心の内で葛藤（かっとう）した。

大人の思惑に、子供を巻き込んではならない。いま明かせば、この子たちにも重い枷（かせ）を掛けることになる。だが、これ以上、嘘を重ねることに、どんな甲斐（かい）があるというのか。

「坊ちゃまも嬢ちゃまも、それはそれはおかみさまを心配なすっておいでです。どうかおかみさまに、会わせてあげてくださいまし！」

出産は大仕事であり、母親が命を落とすこともある。万が一の不測を慮（おもんぱか）れば、子供たちがお七に会える機会はいましかない。

「わかったよ、おかみさまのところまで案内するよ」

お重は三人を連れて、仕舞屋に戻った。産婆はすでに到着しており、襖（ふすま）が立てられた奥の座敷からは、布団を重ねろだの湯を沸かせだの指図する声がする。

「お重さま……もしや、おかみさまは……」

お滝は後の言葉を呑（の）み込んだが、乳母をしていただけに、事のしだいをすぐに察したようだ。

お重はお滝に向かって、黙ってうなずいた。

一方で、お七の声はきこえてこない。叫び声はおろか、呻（うめ）き声すらしない。

出産の折、声を出すことは恥とされているからだ。ことに武家や、一角（ひとかど）の商家の内儀となればなおさらだ。おそらくお七も、声を立てぬよう歯を食いしばり堪えているのだろう。

「おっかさん、母さんはどこ？　早く会わせて！」

「静かにおし、お瀬己！　騒ぐなら、いますぐ宿に送り返しちまうよ！」

お重は娘を一喝し、真顔で告げた。

「おかみさまはね、大仕事を控えていなさるんだ。大丈夫、おかみさまなら、きっと乗り越えてくださるさ。あたしらは、その手助けをしなきゃならない。お滝さんにも手伝ってもらうよ」

「でも、おっかさん……」

「お瀬己、頼むから大人しくしておいで。後できっと、おかみさまに会わせてあげるから。兄さん、坊ちゃんとお瀬己を頼みましたよ」

子供ふたりを兄に預け、お重とお滝は台所で湯を沸かした。

「おかみさまの子の父親は、旦那さまであろうはずがないんです」

お滝は飛鷹屋の内のことなら、何でも知っている。青ざめた顔で、お重に告げた。

「去年の暮れ、旦那さまがお戻りになった際、おかみさまは閨下がりを願い出て、寝所を別々になされたんです。ですからお腹の子は、旦那さまのお子であるはずが……」

その話は、お重もお七からきいていた。それがなければ、産婆とうまく口裏を合わせて、産み月をごまかすこともできたろう。できなかったからこそ、お七は悩み、大胆な賭けに出るよりほかになかったのだ。

「それだけ、惚れていたんだろうね。相手の男にさ」

「そんな不埒を、口にしないでくださいまし！　とはいえ……おかみさまの心中はいかばかりかと、かねがねお察し申し上げておりました。文句ひとつ愚痴ひとつ仰らない方だけに、よけいに不憫で……」

「あたしが言えた義理じゃないけどね、せめてもの罪滅ぼしのつもりで、こんな大芝居に乗ったんだ」

「あたしもおよばずながら、裏方くらいはお引き受けいたします。あたしのご主人は、おかみさまだと思っていますから」

「お滝さん、恩に着るよ！」

「ですが、坊ちゃまと嬢ちゃまには何と言えば……子供の口ばかりは、戸が立てられませんから」

「それは、おかみさまにお任せしましょう」

　陣痛が、いったん治まった頃を見計らい、鶫之介とお瀬己は、お七の枕辺に呼び寄せられた。

「そう……あなたたち、来てしまったの。心配かけて、ごめんなさいね」

　お七は布団の上に、半身を起こしていた。積み上げられた布団に背中を預け、お七の目の前には力綱がぶら下がっている。出産は座位であり、いきむときに力を込められるよう、この力綱を握りしめる。

　お七は疲れたようすではあるものの、優しい笑みを子供たちに向けた。

「私は大丈夫よ。病はすっかり癒えたし、きっともう少ししたら、ともに江戸に帰れるわ」

「でも、母さん、こんなに汗をかいて……」

「そうだよ。まだ、具合が悪そうに見える」

　両手でふたりの頬を撫でながら、お七は言った。

「病ではないわ。もうすぐね、あなたたちに弟か妹が生まれるの」

　え、とふたりは一様に驚いて、布団に隠れた母のお腹をまじまじと見詰める。布団が大きく盛り上がっていることに、初めて気づいたようだ。たちまち目を輝かせる。

「あたし、弟がいい！　だって妹は、お日和がいるもの」

「私も、弟がほしい。妹はもうひとり来るそうだから、そうしたら女が三人になっちまうもの。弟ができたら、うんと可愛がるんだ！」

「そうね……私も何だか、男の子のような気がするわ。でも……」

　ふたりの子供を、両腕にきつく抱いて、お七は涙をこぼした。

「母さんとこの子は、あなたたちと一緒に暮らせないの。ごめんなさい……ごめんなさいね」

「母さん、遠くに行っちゃうの？　また瀬己を置いて、いなくなるの？」

「そんなの嫌だよ！　母さんがどこかに行くなら、私も一緒に行く！」

　子供たちのからだを離して、お七はその顔を見詰めながら静かに告げた。

「この子はね、あなたたちとお父さんが違うの。お父さんの子供じゃないから、飛鷹屋では一緒に暮らせないのよ」

　お七はすでに、観念していたに違いない。お重やその兄夫婦まで巻き込んで、一世一代の芝居を仕組んだ。しかし幕切れを告げたのは、目の前にいる子供たちだ。お七にとっては、運命の皮肉としか思えない顚末であったろう。

「母さん、それって……ふ、ふふふ、不義ってこと？」

「鵜之兄さん、フギって何？」

「妻が他所の男と、浮気しちまうことだよ」

　十歳のお瀬己には、理屈がまったくわからなかったが、十三歳であった鵜之介は、母の言わんとすることを理解して、激しく動揺した。

「ど、どうしよう……母さんが手打ちにされちまう。この前、手代が語ってくれた絵草紙では、不義を犯した妻は、問答無用で夫に殺されてしまうんだ」

「父さんはお武家ではないから、手打ちにはならないと思うけれど……でも、家を出ないといけないわ。鵜之介なら、わかるでしょ？」

　十三歳とはいえ、鵜之介は飛鷹屋の跡取りだ。咀嚼しがたい真実を、どうにか喉の奥に収めようと、膝の上で拳を握る。

「どうして？　どうして父さんが違ったら、一緒に住めないの？　だって瀬己は、お母さんが違っても、飛鷹屋に暮らしているよ」

「うるさいな、お瀬己。わからないなら黙っていておくれよ」と、鵜之介は妹をにらむ。

「だって、おかしいよ。浮気なら、父さんの方がたくさんしてるのに。たった一度、間違いをしただけで、母さんが家を出るなんて」

「飛鷹屋は父さんの家だから、そうなるんだよ」

「父さんはほとんど家にいなくて、家を守っているのは母さんじゃない！」

「だから、男はよくても、女は駄目なんだよ！」

「そんなの変だよ！　おかしいよ！　男と同じことをして、女だけが責められるの？　だったら世の中の方が、間違ってるんだ！」

　大人は知らず知らずのうちに、世間の常識に雁字搦めにされている。しかしお瀬己の説く、非常に単純な理屈は、見事にその綱を断ち切った。お七の中に最後までわだかまっていた恐れや不安を払い、大きな勇気を与えた。

「鵜之介、お瀬己、来てくれてありがとう……母さん、きっといい子を産むわ」

　ふたたび陣痛がはじまり、子供たちは座敷を出され、女たちは忙しそうに立ち働いた。

　ふたりはそのうち眠ってしまったが、赤ん坊の声でとび起きた。

　ちょうど日の出を迎えた時分、お七は無事に男の子を出産した。

「私はお瀬己と違って意気地がないからね。こんな大それた芝居にはとうていつき合えないと、それまで思っていた」

鷺之介の手を引いて、品川町への道を辿りながら、鶵之介は弟が生まれたときの話をした。

「母さんの味方に立てば、父さんに嘘をつきとおすことになる。そんな真似はとてもできないと、頑なに考えていた」

嘘は、時が経つにつれて重みを増す。長ければ長いほど、背負いきれない重荷となって当人を押し潰す。根が正直者の鶵之介は、その暗い道へと踏み出すことに、子供ながらに恐れをなしていた。

「だがね、生まれたばかりのおまえを見たとき、そんなことなぞどうでもよくなった。小さくて真っ赤でしわしわなのに、実に達者な声で泣くんだよ」

やはり月足らずであったのか、少し小さく生まれたものの、声だけは元気でよく泣いた。

「私の弟だと思うと、よけいに嬉しくて。感極まって、私まで泣いちまった。この弟を守るためなら、どんなことでもやり遂げようと、即座に腹が決まった」

お七と赤ん坊を飛鷹屋に留めるためには、鶵之介とお瀬己に秘密を守らせるよりほかにない。草津での出来事は、たとえふたりきりのときでも、決して口にしてはいけない――。

お重はそのように達したが、所詮は子供だ。いつ露見してもおかしくないと、半ば諦めていたと、後になって語った。

しかし鶵之介はもちまえの用心深さで、お瀬己は生まれつきの頑固を発揮して、この大きな秘密を守り通した。それはひとえに、お七と鷺之介を守りたい一心であった。

事が露見すれば、お七と鷺之介が、この家を追い出される。その恐怖が裏打ちされて、口の封印は自ずと堅くなった。

「鷺は不義の子なのに……疎ましく思わなかったの？」

兄に真実をきかされて、少なからず鷺之介は傷ついていた。まだ捨子の方がましかもしれないと、しょんぼりと肩を落とす。兄は足を止め、しゃがんで弟と視線を合わせた。

「思うものか！　いいかい、鷺之介、覚えておおき。おまえが生まれたとき、どんなに皆が喜んだか。あの場にいた私は、未だに忘れられない。私もお瀬己も、お重さんもお滝も、そして誰よりも母さんが、おまえがこの世に生まれたことを深く喜んだ」

あの光景こそが、自身にとっては、秘密を守る封印となり得たと、鶺之介は力強く語った。

「お鷺、おまえは望まれて生まれてきて、愛されて育まれた。いまのおまえこそが、その証しだよ」

「鶺之兄さん……」

「お鷺、生まれてきてくれて、ありがとう。私の弟でいてくれて、ありがとうな」

兄にしがみつき、存分に泣いた。胸の内に淀んでいた、悲しみや情けなさが、洗い流されていくようだ。

「鷺も、よかった……鶺之兄さんが、鷺の兄さんで……お七母さんが、鷺の母さんで……」

大好きだったお七が、自分を生んだ実の母親だった。大好きな兄と、同腹の兄弟だった。胸が震えるほどにそれが嬉しくて、不義という恐ろしい言葉が剝がれていく。

「お瀬己もきっと、同じ思いのはずだ。私とは別のやり方で、おまえを守ろうとした。世間のあたりまえに抗うことで、おまえの盾になろうとした。私には、そう思えるよ」

「え、そうなのかな……あの喧嘩っ早さは、生まれつきだと思うけど」

姉の話になると、急に現実に立ち戻り、ふだんの憎まれ口がこぼれた。鵜之介は笑って、手拭で弟の涙を拭いた。

「次姉や三姉も、知っていたの？」

「ふたりには、何も話していない。それでもなにがしか、気づいていたようだ。お日和は勘が良く、お喜路は頭がいいからね」

「でも、三姉は捨子だって……」

「おまえを家に迎えるには、捨子と偽るしかなかったんだ」

すまなそうに、鷺之介は眉尻を下げた。飛鷹屋の前には、捨子が置かれることがある。物持ちの家なら、育ててくれるかもしれない。すがるような思いで、子捨てをしていく。飛鷹屋の外に置かれた子供の数は、ひとりふたりではなかった。

「本当は、お重さんが夜中にこっそりおまえを連れてきて、家の外で母さんが迎えた。お喜路はそのようすを、見ていたのだろうね」

この年、鳶右衛門の乗った船は、師走半ばに品川沖に入った。

そしてこのとき、鳶右衛門は娘を伴っていた。三女のお喜路である。

草津にいた一行は、霜月の末に江戸に戻ったが、主人の帰還と三女の仕度で、飛鷹屋の内はてんてこまいだ。赤ん坊はそのあいだ、お重の知り合いのもとに預けられた。ようやく落ち着いた大晦日（おおみそか）間近、お七はひと月ぶりで我が子と再会した。

そして我が子を捨子と偽って、この子を自分の手で育てたいと、お七は鳶右衛門に請（こ）うて頭を下げた。

「父さんは、何て？」

「拍子（ひょうし）抜けするくらい、あっさりと承知しなすってね。娘ばかりが三人続いたから、男の子が欲しかったってね」

捨子は本来、御上の手続きを経るものだが、鳶右衛門は実の子として届け出た。

「名付けの折には、鷲（わし）やら鷹（たか）やら鶴（つる）やら、父さんが決めかねて、鷺はどうかと母さんが言ったんだ。同じ水辺の鳥だから、私の名の鵜之介とも性（しょう）が合うってね」

その名にどんな思いが込められていたのか、鵜之介が知ったのは、何年も後だった。

「兄さん……鷺の本当のお父さんは誰？」

「お鷺は、会いたいかい？」

少し考えて、こくりとうなずいた。

「ちょっと怖いけど、会ってみたい……だって気になるもの」

「だったら、会いに行こうか」

「え、これから？　会えるの？」

「今朝、うちを訪ねていらしてね。おまえの文を携えていた。櫛（くし）を預かっている、という文だ」

あっ、と思わず声が出た。

「母さんの墓に、鷺の櫛を置いていった人？」

そのとおりだと、鶫之介はうなずいた。いまは京に住まっているが、仕事で江戸に出てきたという。

「明日には江戸を立つそうだが、旅籠の場所はきいている。行ってみるかい？」

急なことだし、少し怖くもある。でも、いまを逃したら、二度と会えないかもしれない。

返事の代わりに、兄の手を強く握って、かっきりとうなずいた。


「で、肝心のお鷺の父親は、どんな人なの？」

深川のお重の住まいでは、変わらずお喜路の追及が続いていた。

「佐木蔵という名の職人でね。螺鈿もこなす蒔絵師で、おかみさまは腕前に惚れ込んで、櫛を注文しなすった。おまえたちに贈られた、あの櫛だよ」

櫛を木地から削り出すのは櫛職人だが、あとは意匠から仕上げまで、佐木蔵はひとりでこなしていた。あまりに凝り過ぎるために、腕のわりには儲けが下手で、見かねてお七は折々に差し入れなぞをしていたという。

「お鷺の名は、父親からとったのね。母さんも存外、大胆ね」

「それほど、惚れていたんだろうねえ……。もっとも理無い仲になったのは、最後の三月ほどだけ。そうきいているがね」

「最後って、どういうこと？」と、お喜路がたずねる。

「佐木蔵さんは、京の親戚のもとで蒔絵の修業をなすってね。弟子を多く抱える、蒔絵の大家だそうだ。その人が病に伏して、跡継ぎに佐木蔵さんを望んだ。迷っていたそうだが、師匠のたっての頼みを無下にもできない。結局、京に上ることにしたんだ」

惹かれ合ってはいても、互いに分を弁えていた。しかし目前に迫った別れが、ふたりに一線を越えさせた。お七が閨下がりを申し出たのは、それ故だ。

佐木蔵は江戸を立ち、お七が懐妊に気づいたのは、それからまもなくのことだった。

「その職人は、お鷺のことを知っていたのかしら？」

「たぶん、知ったのはあのときね」と、お喜路の疑問に、お日和がこたえる。

「次姉さん、あのときって？」

「あなたたちが飛鷹屋に来て、三年ほど経った頃だと思うわ。職人が訪ねてきたのよ。雉に梅の櫛を携えてね」

あの細工は、佐木蔵にしかできない。お喜路のための櫛もまた、お七は京にいる佐木蔵に注文した。品は飛脚で届けてほしいと書いたが、仕事で江戸に下った折に、佐木蔵は飛鷹屋を訪ねてきた。

「家の傍でその人を見たとたん、母さんが凍りついたみたいに棒立ちになって。何気ない風を装って、櫛の箱を受けとっていたけれど、明らかにそわそわしていたわ」

お七とお日和は、習い事の師匠の家に挨拶に行った帰りだった。そこに塀の内から、鷺之介とお瀬己がとび出してきた。

「待ちなさい、お鷺！　あんたが黒蜜をこぼしたせいで、着物が台無しになったじゃないか！」

「母さん、助けて！　長姉がいじめるんだ！」

「おやめなさい、お瀬己。ほら、鷺之介も、口のまわりをお拭きなさい」

母親の顔になって、子供たちを諌めたが、脇にいた佐木蔵が呟いた。

「さぎ……？　坊やの名は、さぎとつくんですかい？」

「え、ええ……字は鳥の鷺、うちは主人にあやかって、子供たちには鳥の名を……」

「坊やの歳は？　生まれた月日は？」

詰問されて、お七は辛そうに目を伏せた。これ以上、隠しきれないと判断したのだろう。

「お瀬己、お日和とお鷺をお願い。母さんも、すぐ戻るわ」

いつになく、お瀬己が素直に従ったのは、事のしだいを察してのことだ。お七はほどなく戻ってきて、お瀬己に告げた。

「鷺之介を連れて、出掛けてくるわ。妹たちを、お願いね」

急に不安に駆られて、お瀬己は行こうとする母の手を握った。

「母さん……帰ってくるよね？　ちゃんとあたしたちのところに、戻ってくるよね？」

「あたりまえでしょ。母さんの家は、ここだけよ」

幼い弟の手を引いて出ていく母を、心細い思いで見送った。昼前に出掛けた母と弟は、なかなか戻ってこない。堪えきれず、お瀬己は兄の鶺之介と、お滝に打ち明けた。

「え、それじゃあ……その職人が、お鷺の……？」

「まさか……おかみさまと坊ちゃまを、その男がさらっていったんじゃ」

「妙なことを言うなよ、お滝。母さんはきっと、お鷺とその人を、引き合わせてあげたかったんだよ」

「それにしては、遅うございますよ。やはりお重さまに、お知らせいたしましょ。こんなときには、誰より頼りになりますから」

　お滝の知らせでお重も深川から駆けつけて、結構な騒ぎになったが、夕刻になってお七と鷺之介は帰ってきた。またぞろ心配をかけてすまなかったと、お七は詫びた。

「半日ともに過ごす代わりに、お鷺と会うのは、これが最初で最後。二度と顔を見せないと、約束してもらったわ」

　お七からそうきかされて、安堵はしたものの、切っても切れないのが親の情というものだ。いつまた現れるかしれないと危ぶんでいたと、お重がため息をつく。

「あたしは慌てちまって、ろくすっぽ顔も拝んじゃいないがね。お日和なら、覚えているんじゃないのかい？」と、お瀬己が水を向ける。

「ええ、そうね、ずっと見ていたから……あの職人の顔も、母さんの妙なようすも、兄さんや姉さんが、ひそひそ話を交(か)わしていたところもね」

　すまし顔で、お日和はこたえる。その次女に、お喜路が矢継ぎ早の問いを浴びせる。

「ね、次姉さん、お鷺の父親ってどんな人？　顔立ちは？　佇(たたず)まいは？　顔はお鷺に似ているの？」

「そうねえ……悪くはないけれど、華がないわね」

　お日和がそう評した男は――いま鷺之介の目の前にいた。


「こんなに大きくなって……来てくれて、ありがとうな」

　嬉しそうな笑い皺が、目尻と口許を縁取る。居職にしては少し色黒で、笑顔の大きな人だった。

「いえ……」と言ったきり、後が続かない。

　弟の気持ちを確かめると、鶉之介は辻駕籠を拾って、箱崎町に向かわせた。

　川沿いの旅籠に着くと、宿の者に言伝を頼む。ほどなく外に出てきた男は、墨色の地に鼠色の太縞が散った羽織姿だった。

「ふたりで、話しておいで」

　鶉之介はそう言って、佐木蔵に弟を託した。佐木蔵に促され、土手に並んで腰を下ろす。川をながめながら、会話の糸口を必死で探した。

　お父さんですか？　ってきくのも変かな。母さんの話の方がいいか、でも何を語れば……あ、そうだ、櫛の話をしないと――。

　などと、あれこれ考えていたのに、口から出てきたのは全然別のことだった。

「あのう……拳骨饅頭、好きなんですか?」

「ああ、江戸にいた頃の、何よりの好物でな。何といっても、食い出があるだろ。美味い上に、ひとつで腹いっぱいになる」

凝った身なりのわりに、口調はざっかけない。他愛ない話ばかりが続き、いつのまにか緊張がほぐれていた。

佐木蔵は、父親だと名乗ることをせず、鷺之介もどうしてだか口にしなかった。

川風に吹かれているのに、気持ちがふくふくして、胸の辺りがあったかい。

着物の前に手を当てると、硬い手触りがある。あの櫛を、懐にずっと入れていたことに、初めて気づいた。

「あ、そうだ、櫛! 櫛を返さないと」

櫛を懐から出して、差し出した。佐木蔵は、青い布の紙入れから櫛を抜き、鷺と七竈の絵に目を落とす。

「よかったらこの櫛、もらってくれないか?」

「え? いいの?」

「もともとこの櫛は、おまえのために拵えたんだ。おまえがお袋さまと、つつがなく暮らせるようにと願ってな」

「この白鷺は……鷺だったんだ」

渡された櫛を、じっと見詰めた。羽を広げて飛び立つ白鷺を、七竈が見守っているようだ。

「男に櫛なんて、用がなかろうが……」

「いえ、いただきます！　いつか鷺に好いた人ができたら、その人に贈ります」

そうしてくれ、と顔いっぱいに笑い皺を広げた。

「あの……また会えますか？」

別れ際になって、鷺之介はたずねてみた。いや、と佐木蔵は首を横にふる。

「おまえには二度と会わないと、そう約束したのに、こうして破っちまった。お袋さまにも顔向けできないし、何よりも、おまえを育ててくれた親父さまに申し訳が立たない」

父だと名乗らなかったのは、鳶右衛門への礼儀だったのかもしれない。

「どうか達者で暮らしてくれ。おれの望みは、それだけだ」

目に涙が滲んでいたが、ふり切るように背を向けた。

粋な羽織の裾が風に舞い上がり、遠ざかる姿は少しぼやけていた。


「お七母さんて、存外、怖い人だったのね」

お重の家を出ると、お喜路がそう口にした。

「夫を欺いて、不義の子を手許で育てたのよ。おまけに相手の男が拵えた櫛を、三人の娘に贈るなんて、まるで歌舞伎芝居さながらだわ」

「母さんだって、最初にあたしの櫛を頼んだときは、そんなつもりはなかったろうさ」

「なんだかんだ言って長姉さんは、お重おばさんに似て、お人好しだものね」

お喜路に揶揄されて、お瀬己は渋面を返す。

「あら、あたしは、そんな母さんだからこそ、好いているわ」

お日和はちらりとふたりをながめ、微笑んだ。

「情念も執念も、化粧の陰に隠して、何食わぬ顔で日々を営む。それが、女ってものでしょ？」

「お日和、あんたが言うと、よけいに怖いんだよ」

お瀬己はぶるりと身震いして、身を抱くようにして両腕をさする。ふと、思い出したように、お喜路は疑いを投げた。

「父さんは、本当に何も気づいていないのかしら？」

「どうかしらね」

「ないない。ほとんど家にいない上に、あの気性だもの。鯨が小判鮫に気づかないのと一緒さね」

首を傾げるお日和の横で、お瀬己は手をひらひらさせた。

「そうか……鷺之介は、実の父親に会ったのか」

数日後の師走半ば、鳶右衛門の船が江戸に戻り、晩遅く、鷺之介は父の座敷を訪れた。

「鷺之介のようすはどうだ？　まだ子供だからな、背負わせるには少し早過ぎたか」

「そうですね、やはり難儀な思いはさせましたが……案じていたよりは落ち着いています。決して豪胆ではありませんが、芯は意外と強かなのでしょうね」

「まあ、あのお七の子だからな」

潮焼けした顔で、苦笑する。父が酒を喉に流すのを待って、鶺之介はたずねた。

「一度伺いたかったのですが……父さんは、いつから気づいていたのですか?」

「いつと言われると、はっきりしないが……まあ、最初はお七が、閨下がりを願い出たときだ。実は少々、傷ついた」

父には似合わぬ言いように、鶺之介が笑いをもらす。

「それから、捨子を育てたいと、お七が申し出てきたときだ。怖いほどに真剣で、こちらが気圧されるほどの覚悟を感じた」

あんなお七は初めてで、正直、怖かったと打ち明ける。

「だが、はっきりと察したのは、他愛ないさまをながめていたときだ。お七とおまえと鷺之介が、三人で楽しそうに語らっていた。その笑い顔が、三人とも実によく似ていてな」

「たしかに私は、母似と言われますが……鷺之介はさほど似ているとは」

「鶺之介、おまえが幼い頃と、同じ顔だった。思わず目を見張るほどにな。おまえたち三人は、実の親子なのだと、あのとき悟った」

さようでしたか、と鶺之介は小さくうなずいた。

「ではどうして、母さんが死ぬまで、知らぬふりを通したのです?」

鵜之介が鳶右衛門から告げられたのは、お七の四十九日が過ぎた頃だった。

「それは……私もそれなりに痛かったんだ。こんな痛い思いを、お七に幾度もさせていたのかと、すまない思いもわいてな」

それ以降は、少しは女遊びを慎（つつし）むようになったと、ばつが悪そうにもごもごと呟く。

「父さんは鯨に見えて、意外と細やかなところがありますからね」

「ふん、好きに言え。おまえも女房を娶（めと）れば、女の恐ろしさが少しは身にしみる」

「すでに十分に、身にしみておりますよ」

母といい妹たちといい、己のまわりには怖い女しかいないと、首をすくめる。

「あの子らもやはり、お七の娘だ。そろいもそろって、一筋縄（ひとすじなわ）ではいかない」

「いいじゃないですか、とりどりみどりで」

鵜之介は笑って、父の盃（さかずき）に酒を満たす。ぐいと干して、酒くさいため息を吐く。

「鷺之介が大きくなったら、男三人で愚痴をこぼすとするか」

「楽しみですね、父さん」

奥の座敷で、鷺之介は夢を見ていた。

鵜と鷺が並んで、騒々しい三羽の鳥の諍（いさか）いをながめている。

見上げると、はるか上の空に、鳶（とび）が浮かんでいた。

この作品は月刊『小説ＮＯＮ』（祥伝社発行）令和二年十二月号から令和四年六月号まで連載したものに、著者が刊行に際し、加筆、訂正したものです。

――編集部

切りとり線

あなたにお願い

この本をお読みになって、どんな感想をお持ちでしょうか。次ページの「100字書評」を編集部までいただけたらありがたく存じます。個人名を識別できない形で処理したうえで、今後の企画の参考にさせていただくほか、作者に提供することがあります。

あなたの「100字書評」は新聞・雑誌などを通じて紹介させていただくことがあります。採用の場合は、特製図書カードを差し上げます。

次ページの原稿用紙（コピーしたものでもかまいません）に書評をお書きのうえ、このページを切り取り、左記へお送りください。祥伝社ホームページからも、書き込めます。

〒一〇一―八七〇一　東京都千代田区神田神保町三―三
祥伝社　文芸出版部　文芸編集　編集長　坂口芳和
電話〇三(三二六五)二〇八〇　www.shodensha.co.jp/bookreview

◎本書の購買動機（新聞、雑誌名を記入するか、○をつけてください）

＿＿＿新聞・誌の広告を見て	＿＿＿新聞・誌の書評を見て	好きな作家だから	カバーに惹かれて	タイトルに惹かれて	知人のすすめで

◎最近、印象に残った作品や作家をお書きください

◎その他この本についてご意見がありましたらお書きください

100字書評

とりどりみどり

住所

なまえ

年齢

職業

西條奈加（さいじょうなか）
1964年北海道生まれ。2005年『金春屋ゴメス』で第17回日本ファンタジーノベル大賞を受賞しデビュー。12年『涅槃の雪』で第18回中山義秀文学賞、15年『まるまるの毬』で第36回吉川英治文学新人賞、21年『心淋し川』で第164回直木賞を受賞。他の著書に『御師 弥五郎』『六花落々』『銀杏手ならい』（以上、祥伝社文庫）、『六つの村を越えて髭をなびかせる者』『婿どの相逢席』『首取物語』など多数。

とりどりみどり
令和五年三月二十日　初版第一刷発行

著者　西條奈加
発行者　辻 浩明
発行所　祥伝社
〒一〇一―八七〇一
東京都千代田区神田神保町三―三
電話　〇三―三二六五―二〇八一（販売）
〇三―三二六五―二〇八〇（編集）
〇三―三二六五―三六二二（業務）
印刷　堀内印刷
製本　積信堂

ISBN978-4-396-63641-8 C0093
祥伝社のホームページ　www.shodensha.co.jp